theater book 015

海を渡って
〜女優・貞奴

高橋いさを

論創社

◉目次

父さんの映画

作／高橋いさを

［登場人物］

かずみ（長女）

ゆおり（次女）

いくこ（三女）

さとこ（四女）

1　父のこと

舞台後方に椅子が四脚。
舞台中央に椅子が一脚ある。
舞台奥にはスライドが写せるスクリーン。
音楽がかかり、四人の女がそれぞれ後方の椅子に座る。
スクリーンにタイトル「父さんの映画」と出る。
かずみが出てきて、舞台中央の椅子に座る。

かずみ　まずわたしたちの父親のことを紹介します。一九三〇年生まれの八十二才。戦後しばらくして母と結婚。父は息子がほしかったみたいですけど、幸か不幸か次々に生まれたのはみんな女の子。それがわたしたちです。趣味は読書と映画鑑賞。ずっと大学で教師をしていましたが、定年退職した後は、都内にある自宅でのんびりと引退生活を送っていました。けれど、三年前に母親が倒れ、闘病の末にその年の夏に帰らぬ人となり、父は一人きりに――。そんな父にわたしは同居を提案しましたが「まだ娘の世話にはならん！」と頑固に母と住んでいた家で一人暮らしを続けていました。
けれど、昨年の春、事態は大きく変わりました。父が病に倒れたんです。幸い病気の方は悪い方には向かわず一応の健康を取り戻しました。けれど、それと引き換えに以前より目が悪くなってしまったんです。父は元々視力が弱く、じょじょに視力が衰え、今では杖なしには歩く事もままならない状態です。そして、お医者さんが言うには、読書はもちろん、テレビや映画も見てはいけないということでした。父の落胆ぶりは端で見ていても気の毒でした。目を使わないようにと、ラジオを聞いたり、音楽を聴くようになりましたが、それでも父は以前のように笑うことが少なくなりました。

昔から父の映画好きは子どもの目で見ても相当なもので、病気になる前に集めた映画のコレクションは父の書斎にたくさんあります。数えたことはありませんが、とにかく棚いっぱいにビデオやDVDが几帳面に並んでいます。いつだったか、大学の教師にならなければ、映画を作る仕事がしたかった――と父はわたしに言ったことがあります。結局、父は映画は見るの専門で、作ることはなかったですが、父が映画を、特に外国映画を深く愛していることは子どもの目にもよくわかりました。なぜ父がそんなに映画のことが好きなのか、ちゃんと聞いたことはありませんけど、たぶん父は現実だけじゃ嫌だったのではないかと思います。真面目人間の父が、唯一、現実から遠く離れて自分の心を解き放ち、自由に遊べる遊園地のような場所――それが父にとっての映画だったのではないか、と。

ある日、父はわたしに唐突に言いました、「映画が見たい」と。居間で洗濯物を畳みながらわたしは答えました。「気持ちはわかるけど、目が悪いんだから我慢して」と。すると、父は「オレが見るんじゃない」「じゃあ、誰が見るの？」「お前だよ」「わたし？」「そうだ。お前が見て、それをわたしに教えてくれ」――。「そんな面倒なこと嫌よ」と内心は思いましたが、庭先の縁側に座って虚空《こくう》を見つめている父の気持ちを察すると、そんなひどいことを言う気にはなれませんでした。「いいわよ」――わたしは父にそう答えてしまったのです。

かずみと妹たちの電話のやり取り。
四人とも携帯電話を出す。

かずみ　――というわけなのよ。
ゆおり　映画？
いくこ　何よ、それ。
さとこ　もう一度言って。
かずみ　だからお父さんの代わりに映画を見るのよ。で、その映画の内容を教えてあげてほしいの。
三人　……。
かずみ　言いたいことはわかってる。「冗談じゃないわよッ。忙しいのよ、こっちもいろいろ」――。
ゆおり　ハハハハ。その通り。
いくこ　まあねえ。
さとこ　右に同じ。
かずみ　大変なのは百も承知よ。けど、たぶんそんなに長い間じゃない。それまでの間、わたしたちで少しは親孝行してあげようよ。きっと喜ぶわ、お父さん。
三人　……。
かずみ　毎日やれって言ってるわけじゃないのよ。何かのついでで来る時でいいから。
ゆおり　お姉ちゃんがやればいいじゃない、近くにいるだんから。
いくこ　そうそう。

さとこ　右に同じ。
かずみ　わたしだって忙しいのよ、あなたたちと同じで。
三人　……。
かずみ　だから交代でやるの。それまでに見とく映画はわたしがメールする。
ゆおり　そんな勝手に。
いくこ　こっちの都合も考えてよ。
さとこ　わたし、うまくしゃべれる自信ないよ。
かずみ　四の五の言わないッ。もう決めたことなの。いい、これは義務だからね、今まで父さんに散々世話になった娘としての。じゃあね、よろしく頼むわ。

三人は溜め息をついて電話を切る。

かずみ　こうして、わたしたち姉妹は、父がまだ見ていない映画の内容を父に話すことになったのです。

かずみは舞台後方の椅子に戻る。

2 『ブラス！』

四月――。
小鳥の囀《さえず》りなど。
さとこが出てきて、前方の椅子に座る。
さとこは架空の父親に語りかける。

さとこ　これ、買ってきた。お団子よ、大黒屋《だいこくや》の。好きだったでしょ、父さん、これ。お茶も淹れたから、どうぞ。お茶碗、これでいいのよね。……お久し振りです。ふふふふ。え、いや、思ってたより元気そうだから。だって、お姉ちゃんから電話あって「お父さんが大変だ」って言うから。どうなの、その後？　ちゃんとお医者さんのくれた薬、飲まないとダメよ。……え、正人？　今年、高校三年。学校始まったばかり。来年、受験。まったく受験生の母親は大変よ。……医学部。そう、医者になりたいんですって。信じられる？　お医者さんで注射される時、泣きわめいてたあの正人が。ふふふふ。……え、何よ、それ。「何の用だ」はないでしょう。せっかくこうして久し振りに娘が顔見せにきたんだから。お姉ちゃんから電話があってさ、課題が出たのよ、課題。「父さんのまだ見てない映画を見る」ってアレよ。……何よ「ちゃんと見たのか」って。失礼ね。見ましたよ、ちゃんと。えーと、何だっけ――（とメモを出して）ああ、これこれ。タイトルは『ブラス！』――

「ブラス・バンド」のブラスね。ただの「ブラス」じゃなくて、最後に「!」がつくから「ブラス!」って感じ?

背景のスクリーンに『ブラス!』の一場面の写真が映る。

さとこ　一九九六年のイギリス映画。ウィキペディアの内容はこう。読むわね。「一九九〇年の半ば、イギリスのヨークシャーにある炭鉱町グリムリー。仕事のために宿を借りにきたグロリアは、地元の炭坑夫たちで作られた歴史あるバンド〝グリムリー・コリアリー・バンド〟に入ることになる。指揮者はダニー。けれど、彼らの働く炭鉱は閉鎖の危機にさらされていた」——ちゃんと聞いてる? ならいい。続けるわ。「一方、炭鉱の経営者側は組合との折衝《せっしょう》の結果、炭鉱存続か、閉鎖の代わりに高額の退職金を支払うかのどちらかを炭坑夫たちに投票させることになる。全英コンテストのロンドンのアルバート・ホールでの決勝進出の権利を〝グリムリー・コリアリー・バンド〟が手に入れて、バスで町に戻ったその日、投票の結果として炭鉱閉鎖が決まる。彼らの勝利と裏腹にシンと静まり返った町。そんな時、路上で倒れるダニー。彼は長年の炭坑夫生活で肺を冒されていたのだ。バンドマンたちも貧窮する生活が原因となって、次々とバンドを辞める決意を固めていく。一方、グロリアは、経営者たちが、実は二年前から炭鉱閉鎖を決めていたことを知るに及び、自分もまた会社に裏切られていたことを知る。かくして、グロリアは、全英コンテストの決勝に出場することを決意、バンドマンたちとともにロンドンのアルバート・ホールの舞台の上に上がる……」テンテンテンテン。
『アランフェス協奏曲』ってわかる? タララ〜タラララララ、ラララ〜(と歌う)っていうアレ。みんながその曲を演奏するのがとっても印象的。クライマックスにバンドが演奏する曲は『ウィリアム・テル序曲』。タカタッタカタタタッタカタッ、タカタタタッ（と歌う）ていうアレ。こういう音楽映画って、口で説明するのがもうとーっても難しいわ。けど、その演奏がすばらしいのよッ。……そう、三十人くらいの吹奏楽団。指揮者のダニーを演じているのは、えーと（とメモを見て）ピート・ポスルスウェイトって役者さん。この人の顔がいいのよ。二十年くらい前の父さんに似てるかも。こう禿げてて、けど目力《めぢから》があって。六十才くらいかな。

……感想？　うーん。まず思ったのは、「炭鉱バンド」っていうその設定がいいわよね。普通、そんな設定、思いつかないんじゃない？　実話が元になってるらしいけど、バンドって言ったら、普通、何かチャラチャラし若者がやるようなイメージあるでしょ。けど、ここに出てくるのはほとんどオジさんって言っていいような中年オヤジ。しかも、炭鉱で真っ黒になって働いてる低賃金労働者たち。けど、華麗な吹奏楽に、それとは正反対の彼ら炭鉱夫たちの厳しい現実が重ねられてる点が面白いって言うか。……そう、それよ。その「コントラスト」がすばらしいのよ、炭鉱の黒と楽器のキラキラの金色の。細かい場面でのユーモア感覚もちゃんとあって——えーと、そうそう。ダニーが入院した病院の中庭で、バンドの人たちが『ダニー・ボーイ』を演奏するわけ。ダニーの息子なんか感きわまって泣いたりしてる。それだけだったら感動的な場面なんだけど、演奏してる男たちは、みんな頭にライトつけてるの、炭鉱労働で使うヤツ——夜だから。まぬけな感じがするのよ、どっか。病院の看護婦さんは「迷惑だからやめるように言ってください」とか言ってるのね、最初、病室のダニーに。けど、演奏が終わってシンとなったみんなのところに、文句言ってた看護婦さんが来て言うの。「ダニーからの伝言があります」って。当然、こっちはダニーが自分のために病院に来て、そんな演奏してくれる仲間たちに内心ホロッときてるんだろうなあなんて思って見てるわけ。けど、そうじゃないの。「ホルンのパートが弱い」――。今の意味、わかった？　……わかったなら少しは笑ってよッ。笑わないと面白さが伝わってないみたいで不安になるじゃない。……そう、そのユーモア感覚がいいのよ、この映画。
……最後？　ああ、まだ言ってなかったわね。ロンドンのアルバート・ホールで演奏が始まる。みんな紫色に金色の刺繍が入ったフォーマル・ウェア着て。と、そこに来るのよ。……ダニーよ、ダニー！　決まってるじゃない。病院を抜け出して来るのよ、ダニーが！　禿の目力男が！　最終的に指揮は別のメンバーがやるんだけど、同じステージの隅で彼も心のなかでタクトを振る。演奏が終わる。観客たちの万雷の拍手。そして、彼らの優勝が主催者から告げられるの。と、ここで「万歳！」って感じで終わると、まあ、普通の映画のラストって感じだけど、この映画はそこはひと味違うの。辞退するのよ、優勝を。スピーチする時、ダニーが！　仕事をとりあげる政府への抗議の意味を込めて。そして、ラストは町へ帰る彼ら〝グリムリー・コリアリー・バンド〟がバスに乗りながら「威風堂々」を演奏してる姿で――終わり。ホラ、チャーチャカチャカチャッチャチャカチャー（と歌い）っていうアレ。……ヤだ、泣いてるの？　……そんなに感動的だった、わたしの話？　……え、目薬さしただけ？　もう、感動して泣いたのかと思ったじゃないッ。紛らわしいリアクションしないでよッ。もう、馬鹿ッ。お団子、せっかく買ってきたのに食べないの？　食べないならあっちに持ってくからねッ。後で食べたいって言ってもあげないからッ。

とさとこは自分の椅子に戻る。

3　『運動靴と赤い金魚』

五月――。
カラスの鳴き声など。
いくこが前方の椅子に座る。
いくこは架空の父親に語りかける。

いくこ　ご無沙汰してます。櫛田《くしだ》さんじゃないわよ。いくこです、三女の。なんで娘の声、間違えるかな。少し痩せた？　ちゃんと食べてるの？　あ、これ買ってきた、大黒屋のお団子。人気あるのね、相変わらずあのお店。これ買うのにずいぶん待たされちゃったわよ。……何笑ってるのよ。……え、そうなの？　サトちゃんもこれを。さすが姉妹、考えることはみんな同じってことね。何か飲みますか。……ちがうわよ、電話で言ったでしょ、隣の駅の画廊で友達の絵画展があったのよ。だからって、ついでってわけじゃないのよ。気を悪くしないでね。……ハイ、元気です、お陰様で。相変わらず独り身でございます。……いないわよ。ふふ。心配してくれるのはうれしいけど、わたし、一人の方が楽なのよ。……やってるわ、相変わらず。今度、書道展に出品します、銀座の画廊でやる。まあ、たいした賞じゃないけど、小さい賞をもらったりしたんで、今後が楽しみってとこかな。サトちゃん、来たんでしょ、この前。で、どうだった？　何がって課題よ、課題の映画。

あの子の説明でわかった？　……へえ、そうなの。けど、わたし困っちゃってさ。わたしも一応、文字を書くことは得意だけど、わたしの書くのはせいぜい多くて二十文字くらいじゃない。しゃべるのそんなに得意じゃないから。……見たわよ、お姉ちゃんからメールが来て。えーと『運動靴と赤い金魚』よね。

題名からわたし勝手にフランス映画か何かだと思ってたけど、これ違うのよね。イラン映画でしょ。イランでも映画なんか作ってるの、初めて知ったわ。だって全然イランなんて馴染みないもん。普通、そうじゃない？　イランの人には悪いけど、どうしてもイメージが「石油」とか「麻薬売買」とかそっち方向にいっちゃうわ。だからね、ハッキリ言うと、借りてから見るまでに相当時間かかったの。けど、約束しちゃったからさ。……何をってお姉ちゃんと――お父さんに映画のこと話すって。……けど、見てみるもんよね。こういうお話。

いくこ

背後のスクリーンに『運動靴と赤い金魚』の一場面の写真。

イランの貧しい家で暮らす少年のアリの物語。アリにはザーラって名前の妹がいるの。ある日、アリは妹の靴を修理してもらった帰り道で、その靴を失くしてしまうのよ。買い物してたら、外を通り掛かった屑屋さんみたいなおじさんが、ゴミと間違えて妹の靴を持ってっちゃうわけ。家は貧乏だから新しい靴を買う余裕なんかない。妹はお兄ちゃんに詰め寄って言う――「明日からどうやって学校へ行けばいいの？」って。アリは仕方なく自分の靴を交互に履くことで、そのピンチをしのごうとするのよ。午前はザーラで、午後はアリ。ここはちょっと解説が必要なんだけど、イランの小学校って午前は女子で、午後は男子の二部制なのよ。学校も別々の場所。だから、妹は授業が終わると、兄が待つ路地までダアーッて走って行って、急いで靴を交換して、兄は自分の学校へダアーッて走る。いつも時間ギリギリになっちゃうから、アリは先生から「今度遅刻したら授業を受けさせないぞ」なんて言われる。そんな時に、ザーラは、なくした自分の靴を履いている女の子を学校で見つけるの。お兄ちゃんといっしょにその子の後を尾行《つ》けていくと、その子が目の不自由な父親の手を引いて家から出てくるのを見てしまう。二人は「靴を返して」とも言えずにその場を後にする……。いじらしいわよね。……違うと思う。二人とも素人みたいな子どもじゃないかな。けど、可愛いの、二人とも。色黒で、こう言うとナンだけど、顔から「貧乏です！」って感じがすごく伝わるって言うか。今の日本の子どもじゃなかなか出せない味って言うか。……これ、ちょっとあたしももらうわね。（と団子を食べる）おいしい、これ。味、落ちてないわ、昔と。……あ、ごめんなさい。どこまで話したっけ？……ああ、二人が靴を取り返せないで帰ったってとこよね。ちょっと待って。今、お茶飲むから。（と茶を飲む）そんな時、アリに大きなチャンスが巡ってくるわけ。何だと思う？ふふふふ。アリは知るのよ、これから行われるマラソン大会で、入賞すると賞品が出ることを。その賞品は一位は運動着、二位は文房具、三位は運動靴！「三位に入賞すれば妹にこの靴をプレゼントできる！」——こうしてアリは、最初は全然関心のなかったそのマラソン大会に出ることにするわけ。先生は最初は「もう締め切った」とかつれないこと言うんだけど、アリを走らせてみると、すごいいいタイムで走るわけ。なぜなら、アリはずっと妹の靴のことでダアーッて走り続けていたから。思いがけずにそれが練習になっていたってわけよ。こういうところが巧いわよね。

そして、いよいよ大会の当日。アリは一位じゃなくて三位になるべく、スタート・ラインに着くわけ。妹のために、靴を獲得するために。スターターがドンと鳴ってアリは走り始める。人々の声援。走るアリ。人々の声援。走るアリ。そして、アリは一人、また一人と追い抜いて、トップ集団に迫っていくの。もう、このへんはハラハラでさ、もうほとんどサスペンス映画よ。「アリ、頑張って！」ってわたしも心ん中で応援してるけど、一位じゃダメなの、三位じゃないと。最後は三巴《みつどもえ》の戦い。アリを含めた三人のランナーが、ゴールへダアーッとなだれ込む。さて、果たしてその勝敗は――？　……ふふふふ。知りたい、アリは何着だったか？（と団子を食べる）……待ってよ、今、お団子食べてるんだから。何とこれが一着なのよ。アリは頑張り過ぎて一着になっちゃうのよッ。先生たちは「よくやった！」とばかりにアリを祝福するのに、アリは全然うれしくないわけ。表彰式で賞品を貰う時のそのアリの何とも言えない顔がもうすごい可愛らしいったらありゃしないの！言葉じゃとても伝えられない。こういう顔――（と真似て）？　あ、わかんないか、こんなことしても。ハハハハ。その後、アリが赤い金魚のいる中庭の小さな池に足を浸していると、そこにたくさんの赤い金魚が寄ってくるの。何も語られないけど、それは、金魚たちがアリの健闘を称えてるみたいに見えるの――「よく頑張った」って感じで。そんなアリの元へ妹の新しい靴を買ったお父さんが自転車で帰ってくる場面が付け加えられて……終わり。

ふふふふ。父さんに話すことも忘れて、すっかり楽しんじゃったわ、わたし。いやあ、ほんと、いい映画紹介してもらってありがとね。うまく伝わったかな、今ので。……そう、ならいいけど。けど、靴ひとつでこんなにいい映画ってできるもんなのね。わたしはそこに感動したわよ、ほんと。だって、今の日本じゃなかなか考えにくい内容じゃない？　靴一足買うのに苦労しないもん、今の日本じゃ。後で知ったんだけど、イランじゃ金魚って縁起物みたいな生き物なんですって。日本人にとっての鯛みたいな感じなのかな。オープニングはね、妹のザーラの靴のアップなの。くすんだピンク色の靴。その靴を修理してる靴屋のおじさんのゴツゴツした手。その手がそのくすんだピンクの靴に針で糸を通してグイグイって縫っていくわけ。貧しい世界の靴の話——まさにここにこの映画のすべてが押し込められてるって感じ。……もう一本もらうわね。（と団子を食べる）おいしいわ、やっぱりこれ。ところでさ、夕飯はどうするの？ 久し振りだし鰻でもどう？ ……そうなの。じゃあ、お寿司とか？ あ、お茶、新しいの淹れるわね。ちょっと待ってて。

といくこは元の椅子に戻る。

4 『刑事ジョン・ブック〜目撃者』

六月——。
犬の鳴き声など——。
ゆおりが前方の椅子に座る。
ゆおりは架空の父親に語りかける。

ゆおり ハハハハ。何よ、元気そうじゃない。……え、だってお姉ちゃんがお父さん元気ないとか何とか脅かすから、てっきりもっと落ち込んでるかと。張り合いなくすなあ、遠路はるばるせっかくこうして来たのに。……嘘よ、そんな顔しないでよ。……お土産？　あ、買ってきたわよ、大黒屋のお団子。……嫌だった？　そう、ならいいけど。ここに置いときますから。食べたい時は言って。しかし、隣の犬、相変わらず、わたしが来るとよく吠えるわね。そんなに嫌いなのかしら、あたしが。
……あたし？　わたしは相変わらずです。……ううん、まだ決着はついてない。けど、心配しないで。あの人も養育費は出してくれるって言ってくれてるから。……典子は今度、高校二年。利幸は小学生六年。ほんとあっという間よね。この間、七五三のお祝いやったと思ったら、もう高校なんだから。え？　何よ「ほんとは来たくなかったんじゃないか」って？　そんなことないわよ。そりゃ父さんにはいろいろ心配かけたけど、何とかやってますから。……再婚？　ハハハハ。まだ離婚もできてないのにそりゃ気が早すぎやしない？　わかんないわよ、そんなこと。けど、とりあえずは男はもういいって感じ。……見たわよ、大切なお父様のために、ちゃんと。けど、この映画、すごく有名じゃない？　わたし、ずっと昔に見たことあるもの。それに好きなんだ、ハリソン・フォード。子どもん時、見に連れて行ってくれたじゃない、『スター・ウォーズ』、銀座に。あれ以来、ハリソン・ファンよ、わたし。けど、映画好きの父さんがなんで、これ見てなかったの？　……女優？　ああ、相手役の？　えーと、ケリー・マクギリス？　嫌いなんだ、その人？　何よ、ゴツゴツした女って。わかるような気もするけど。じゃあ始めるわね。えーと『刑事ジョン・ブック～目撃者』の話よ。

背景のスクリーンに『刑事ジョン・ブック～目撃者』の一場面の写真。

ゆおり　物語は、風に揺れる無数の草のアップから始まるの。そこにちょっと見慣れない服装の——みんな黒い服を着た人々が現れる。ここはどこかの田舎にある村で、彼らはどうやらお葬式をしてるらしいことがわかる。とっても印象的なオープニングよ。村の人々はみな黒い質素な服を着て静かに葬儀を営んでいる。そこに一人の女——名前はレイチェル。これが父さんが嫌いらしいケリー・マクギリス。どうやら死んだのはレイチェルの旦那さんらしい。ここはペンシルバニア州にあるアーミッシュの人たちが暮らす村。アーミッシュって聞いたことある？　わたしはこの映画見るまで全然知らなかった。……知ってるの？　さすが腐っても大学の先生ね。あ、ごめん。「腐っても」は余計ね。ふふふふ。つまり、彼らは現代文明を拒んで自給自足の集団生活をしてる人たちってことよね。そこがこの映画の最大のポイントって後になってわかるのよ。そんなアーミッシュとして生まれ育ったレイチェルにはサミュエルという名前の幼い息子がいる。

ある日、レイチェルはサミュエルを連れてボルチモアにいる親戚を訪ねるために村を出て、列車に乗って都会へ行くの。乗り換えか何かで駅で二人が列車を待っている時、サミュエルがトイレへ行く。日本のトイレと違って、こうトイレのドアの下が空いてるヤツ。サミュエルが個室に入った後、トイレの洗面所にいた一人の男に近付く二つの人影。その男たち――片方のスーツ姿の黒人が、あっと思うやいなや、ナイフでその男の首をズバッて……。サミュエルはその光景をトイレの個室のなかから見てしまうわけ。びっくり仰天のサミュエル。細かい話だけど、この場面、もの凄く怖いのよ。洗面所にいた男を殺したその黒人が、ふと人の気配を感じてトイレの個室のドアをひとつひとつ開けて確かめるんだけど……バタン、バタン（とドアを開けるしぐさ）ってひとつずつ。恐怖で震え上がったサミュエル少年は、足が外から見えないように便器の上に立ってるんだけど、黒人の殺人者はすぐ近くにいる。そして、黒人の手がサミュエルのいるトイレのドアに――「ああッ。見つかる！」と思った瞬間、サミュエルは隣の個室にサッと逃げるんだけど。もう、ハラハラハラハラドキドキ……。こんなに細かく話してると夜が明けるわね。少し、ハショらないといけないわね。そして、我がハリソン様の登場よ。そう、この殺人事件を担当することになったのが刑事ジョン・ブック――ハリソン様なわけ。歌舞伎みたいに言えば、「よオッ。ハリソン！」って掛け声をかけたくなるような登場よ。もーすごく素敵ッ。……あ、ごめん。ちょっと興奮しちゃった。ハハ。殺されたのは麻薬課の刑事。で、ブックは少年が目撃者だということを知って、警察署に連れて行って「面通し」って言うの？いろいろ容疑者の写真とか見せるんだけど、少年はどれもこれも違うと言う。そんな時、少年は警察署の壁に飾られていた一枚の新聞写真に目を奪われる。その記事にはね、麻薬取締の功績で表彰されたあの黒人刑事が写っている。少年の顔のアップ。少年の行動を不審に思ったブックが彼に近寄る。少年は無言でこう――（と指を差す）あ、指をね、その写真に向けるわけ。「この男がトイレの殺人の犯人だ」ってことよ。黒人刑事の名前はマクフィー。ブックはすべてを了解して、上司であるシェーファー本部長にそのことを告げる。けれど、そんなブックを駐車場で待ち構えていたマクフィーにブックは銃撃されて傷を負ってしまう。本部長もグルだったわけ。かくして、ブックは汚職警官を相手に少年とその母親を逃がすために車を運転してアーミッシュの村に逃げ込むの。

……ちょっと疲れた。休憩していい？　……ダメ？　わかったわよ、じゃあ、続けるわ。

少年と母親をアーミッシュに送り届けたのはいいものの、ブックはマクフィーに撃たれた傷のせいで意識を失ってしまう。しばらくの間、アーミッシュの人間として匿《かくま》われることになったブックは、村の人々と打ち解け合うようになる。レイチェルの友人の新婚夫婦が新しく納屋を立てることになって、その手伝いをしたり、大工仕事をしたり。ハリソン様は俳優になる前は大工さんだったって知ってた？　だから、うまいのよ、やっぱり、画面のなかでやる大工仕事が。あ、さっき言うの忘れてたけど、アーミッシュの人たちは非暴力主義で、絶対に暴力を振るわないのよ。そんな時、ブックは電話で連絡を取っていた相棒の刑事がシェーファー本部長たちに殉職めかして殺されたことを知るの。血が頭に上ったブックは、アーミッシュの人たちをからかう観光客を殴ってしまうの。その事件のせいで、ブックと目撃者の子どもがアーミッシュの村にいることが警察にわかってしまう。そして、とうとう、ブックと少年のいる場所を割り出した悪党たちが、拳銃やショットガンで武装してアーミッシュの村に乗り込んでくる……。非暴力主義で、武器も何もないこの村で、ブックはどのように悪党たち戦うのか？

……ちょっとトイレに行ってもいい？（と席を立ち）……ダメ？　わかったわよ。話してから行くわよ。（と戻る）悪党は三人いるの。そのなかの一人は穀物《こくもつ》でやっつけるのよ。何て説明すればいいのかな。収納庫？　ブックが出口のない大きなお釜みたいな場所にその悪党を誘い込んでね、上から穀物――あれは大豆か何かだと思うけど、ザーッて。大量の大豆よ。悪党の一人は、その大豆の総攻撃を受けて、そのお釜みたいな場所で大豆に押しつぶされて息絶えるの。もう一人――黒人の刑事が迫る。ブックはすかさず大豆の悪党が持ってた銃を奪ってバーンって。マクフィーはその弾を受けて絶命。黒幕のシェーファー本部長はレイチェルを人質にして「銃を捨てろ！」ってブックに言うけど、騒ぎを聞きつけて集まってきたアーミッシュの村の人たちに取り囲まれて、ついに観念する……。

途中、ハショっちゃったけど、この映画はラブ・ストーリーでもあるのよ。ブックと未亡人レイチェルは次第に愛し合うようになるの。けれど、事件が終われば、ブックはまた元の世界へ帰らなくちゃならない。この二人の別れがラスト・シーン。このラスト・シーンが素敵ッ。普通なら何か洒落たことでも言いそうじゃない？　「これでお別れだ」とか何とか。言わないのよ、一言も。ただ二人で見つめ合うだけ。その無言のやり取りがとってもいいの。迷い、ためらい、決意――そんな感情が二人の表情から痛いほどよく伝わってくる。ブックの車が村の道を遠ざかってゆくと、その横を一人のアーミッシュの男性が通り過ぎる。ロング・ショットの遠景よ。その人はレイチェルのことを好きなアーミッシュの男の人なの。彼は「彼女はオレに任せろ！」と言うように片手を高く上げる。走り行くブックの車……。音楽が高鳴る――お終い。

どう？　イメージできた？　『刑事ジョン・ブック』――食わず嫌いはよくないってこと

ょ。あら、食べないの、お団子？　別に無理に食べなくてもいいけど。父さんの若い頃ってハリソン・フォードに似てるって思ってたのよ、わたし。今は見る影もないけど――失礼。ハハハハ。別の人にも似てるって言われた？　サトちゃんに？　……誰、それ。そう言えば、ハリソン様、今いくつか知ってる？　生年月日は一九四二年の七月十三日。つまり、七十歳よ、七十歳！　あのハンソロ船長がよ。あのインディ・ジョーンズが七十歳よ。わたしが年を取るのも当たり前よね。あーもうダメ。ちょっと待ってて。トイレ行ってくるから。

とゆおりは自分の椅子に戻る。

5　『シザーハンズ』

七月――。
風鈴の音など。
かずみが前方の椅子に座る。
かずみ（団扇を持つ）は架空の父親に向かって語りかける。

かずみ　ふふふふ。え――いや、よかったと思って。何がって、父さんの映画の話ですよ。みんな最初は「面倒臭い」とか何とか言って嫌がってだけど、案外そういう口実があるとここに来やすいってこともあるんじゃないかな。それにお父さんも少し元気になったみたいですし。……ああ、旦那？　大丈夫です、ご心配かけて。でも、ほんと検査しておいてよかったわ。あのまま放っておいたら、このくらいのことじゃすまなかったもの。そうそう、昨日ね、孝夫から手紙が届いたんですよ、アメリカから。元気にしてるみたい。……違います。それは正人。さとこ、四女の息子――医者になりたいって言ってる。こっちのは孝夫――役者になりたいって言ってる。まあ、いろいろいるからこんがらがるのよくわかりますけど。若者はそれぞれに夢を追ってるってことで、いいことよ。……いいえ、そんなことないですよ。凄いよかった。妹たちも言ってましたけど、これでつまらない映画だったら二度とごめんですけど、みんな口を揃えて「すごくいい映画だった！」って言うから、やっぱりお父さんの選球眼は正しいのかも。『シザーハンズ』――今をときめくジョニー・デップの出世作ってとこかしら。

この映画ね、わたしはロードショーで見たんですよ。旦那さんと。公開されたのが一九九〇年だから、今からもう二十年以上前。渋谷の映画館でした。その時も泣いちゃいましたけど、今度もまた泣いちゃいました。映画って不思議ですよね。こんなおとぎ話でも、涙が出るんだから。監督はティム・バートン。この人の作る映画は、絵が綺麗なのよねえ。『スリーピー・ホロウ』でしたっけ？　あれも絵がすばらしいの。……え、まあ、一応、美大出身ですから。そういうところに目がいっちゃうのかもしれない。さあ、始めますよ。


背後のスクリーンに『シザーハンズ』の一場面の写真。

かずみ

雪の舞う吹雪の晩。孫娘をベッドで寝かしつけている年老いた老婆に孫娘が尋ねる場面から映画は始まります。「雪はどうして降るの？」――老婆はその理由を咄々《とつとつ》と話し始める――。

「それはずっと昔のこと。山の上のお屋敷に年老いた発明家が住んでいたの。ある時、彼はついに人造人間の発明に成功する。けれど、発明家は、その実験の最中に心臓発作で死んでしまうの。残された人造人間の手はハサミのまま……」こんな語りに導かれて、わたしたち観客は『シザーハンズ』の世界へ入っていく。ある日、成績の上がらないエイボン化粧品のセールス・ウーマンのペグは、山の上にある不気味なお屋敷に行く――化粧品の売り込みのために。そこでペグはびっくり仰天。なぜなら、その屋敷の庭には動物や人間の形に刈り込まれた植物がズラリと並んでいたから。こわごわと屋敷の重い扉を開け、なかへ入る。と、そこにいたのは、手がハサミの若者――エドワードだった。ペグはエドワードを家に連れて帰り、夫や子どもに紹介。みなエドワードを歓迎する。翌日、エドワードは手のハサミを使ってシャカシャカとペグの家の庭の植物を切り刻み、恐竜や人間や動物の形にしてしまう。その様はあたかも野外美術館のよう。そんな魔術師のような手を持つエドワードは一躍、町の人気ものになるが、その夜、キャンプから帰ってきたペグの娘のキムだけは異形のエドワードを見て泣き叫び、毛嫌いする。けれど、エドワードは美しいキムに心奪われてしまう。エドワード＝シザーハンズの評判はまたたく間に人々の知ることになり、テレビにも出演。エドワードはそのカッティング技術の腕のすばらしさを買われてヘアー・サロンを開店する話まで持ち上がる。そんな時、キムのボーイフレンドのジムの悪巧みに乗せられて、キムとエドワードは、強盗の片棒を担がされ、エドワードだけが警官に逮捕される結果に――。ペグの計らいで何とか罪は問われなかったものの、町の人々は今までとはうって変わってエドワードを危険視するようになる。

それからしばらく経ったクリスマスの夜。キムは庭で氷を使って彫刻しているエドワードの姿を見る。両手のハサミを使って氷を鮮やかに削るエドワード。彼の削った氷の屑は、雪となって夜空に美しくヒラヒラと舞う。その美しさに見とれるキム。けれど、仲睦まじいそんな二人の姿を目撃したジムは、エドワードを激しく罵って家から追い出してしまう。行方不明になったエドワードを探しに行くペグら家族たち。一人家に残ったキムの元へひょっこりエドワードが帰ってくる。クリスマス・ツリーに飾られた色とりどりのライトに照らされてキムはエドワードに言う――「抱いて」と。けれど、エドワードは彼女を抱くことはできない。もしも彼女を抱けば、ハサミで彼女を傷つけるかもしれないから……。

そこへ酔ったジムが車でやって来て、エドワードをひき殺そうと追い詰める。エドワードが悪事を企んでいると勘違いした町の人々も、エドワードを捕まえようとする。「逃げて！」――キムの声に従って山の上の屋敷に逃げ込むエドワード。拳銃を持つジムと警官、町の人々がそれに続く。屋敷の屋根裏に追い詰められたエドワード。すると、キムの耳に二発の銃声が聞こえる。屋根裏部屋からふらふらと出てきたキムは、泣きながら人々に叫ぶ――「二人とも死んでしまったわ！　だからもう追って来ないで！」と。

そして、冒頭の孫娘の寝室で、老女は眠りについた孫娘の髪を優しく撫でながら、今も山の上の屋敷で氷を削っているエドワードに思いを馳せる……。夜の空に美しく舞う雪――それはエドワードが氷を削ってできた氷の屑。一心不乱に氷を削るエドワード――夢見るように目を閉じる老婆の顔は、あの愛らしい娘だったキムにとてもよく似ている……。

これが『シザーハンズ』のストーリー。けど、この映画の魅力は、とても言葉だけじゃ言い尽くせない。そもそも、主人公のエドワードの出で立ちが独創的なんですよ。黒い皮を基調にして、そこにバックルやストラップがたくさんついてる感じ。髪の毛は真っ黒でボサボサ。それで両手が大きなハサミなんです。わかりやすく言うと両手がハサミのパンク・ロッカー？　なんて言ってもわかりませんか。それにしても、凄い発想ですよね、手だけがハサミの人間なんて。普通、発想できないんじゃないですか、こういうの？　……バルタン星人？　まあ、確かにちょっと発想は似てるとは思いますけど、バルタン星人と恋しても全然ロマンチックじゃないものねえ。わたし、あのシーンが凄く好き。ホラ、さっきも言ったけど、キムがエドワードに「抱いて」って言うけど、エドワードがためらうところ。何て言うのかな。男と女が一線を越える時の真実って言うのかな。「抱いてしまうと相手を傷つける」ってことをこんなに芸術的に表現した映画って他にないんじゃないか、と。文字通り彼の手はハサミだから、こう（と抱き締めるしぐさ）物理的に危ないわけですから。――あら、いけないッ。雨降ってきたみたい。洗濯物、出しっぱなし。ちょっと待っててくださいね、すぐ戻りますから。

とかずみは自分の椅子に戻る。

6 『運命の女』

八月――。
蝉の鳴き声など。
さとこが前方の椅子に座る。
さとこは架空の父親に語りかける。

さとこ　暑いわね、毎日。あ、これ買ってきたよ。……違うわよ、ミスタードーナツ。ちゃんと聞いてます大きいお姉ちゃんから。「もう大黒屋のお団子は勘弁してくれ」でしょ？　……お久し振りです。よかった、顔色いいみたいだし。……うん、ちゃんと用意しといてくれた、あっちに。助かるわ、とっても。だって、買ったらすごく高いじゃない、着物なんて。……そう、結婚式。人生初の仲人やるのよ、あたしが。信じられる？　わたしたちも、もうそんな年なのよね。それより、ちゃんと言っといてよね。……何がじゃないわよ、父さんの映画よ。だから、エッチなとこあるって――あ、そんなのわかんないか。けど、見てたら息子に「こっちは受験勉強してんだから少しは気を遣えよ」なんて言われる始末よ。……そうじゃないけど、不倫の映画でした。タイトルは『運命の女』よね。
背後のスクリーンに『運命の女』の一場面の写真。

さとこ

二〇〇二年のアメリカ映画。ウィキペディアの内容説明はこう。……いいじゃない。前と同じパターンだって。わたしにはわたしの語り方があるんだからッ。毎回、語り方変えるほどの力ないの。――あ、あらかじめ言っとくけど、今日はわたしが話してる最中に目薬、使わないでね、誤解するから。――ウィキペディアの内容説明はこう。「専業主婦のコニーは、夫のエドワードと幼い息子のチャーリーの三人で、ニューヨーク郊外に平凡だが幸せな家庭を築いていた。結婚十一年目。ある日、息子の誕生日のプレゼントを買いにニューヨークに買い物に出かけた彼女は、フランス人の青年ポールと出会う。その日は風の強い日で、本の束を抱えたポールと街角でぶつかってしまったのだ。ポールはコニーを自分のアパートへ連れて行って怪我を治療してくれる。ポールの誘惑的な視線を感じたコニーは、治療もそこそこに部屋を出る。けれど、ポールにどうしようもない情熱を感じたコニーは、不倫の恋に動揺しながらも、ポールの部屋で彼とついにからだを重ねてしまう。そんなコニーの様子に疑問を抱いた夫のエドワードは、妻の浮気を確信し……」テンテンテン。

これだけ。短いのよ、ウィキペディア。内容もよくある夫と妻と愛人の三角関係。けど、全然飽きないの、不思議よ。コニーを演じてるのはダイアン・レイン、エドワードはリチャード・ギア、ポールは、えーと（メモを見て）オリヴィエ・マルティネスっていう役者さん。……知ってる？　あたしは初めて見たけど、すっごいセクシーなの。で、あっと思って調べてみたらやっぱりそうだった。ウィキペディアの説明はこう。……いいじゃない、便利なんだからウィキペデア。「一九六六年、フランス生まれ。父親はスペイン人。二〇一二年三月、ハル・ベリーと婚約」――ハル・ベリーの恋人だったのよッ。ま、どうでもいいか、そんなこと。けど、この役者さんが男として凄くセクシーだから、説得力があるんだと思う。けど、つくづく思うのはさ、夫のリチャード・ギアよ。これが、例えば温《ぬく》水洋一《みずよういち》さんがキャスティングされてたら、もう全然違う映画になっちゃうわよ。彼みたいないい男がやってるから、映画になるのよねえ、きっと。温水さんには何の恨みもないけど。ま、そんなこと言ったらダイアン・レインも同じだけどね。こういう誰が見ても素敵だなって思う人たちが「好きだ嫌いだ」やってるから見てられるのよね、映画って。

それにしても、この映画はね、監督がすごい巧い人だと思う。自分の父親とこういう話するのも、ちょっと気が引けるけど、ハッキリ言うとすごい女たらし。例えばね、ポールの部屋にやってきたコニーが彼に抱き締めてほしいって思ってても、それを口に出せないでいるのを、何て言うの、こうさりげない目線やちょっとしたしぐさで見せるのよ。その恋する人妻の姿は、すごくエロティック。ポールがね、コニーの首筋を指でツーッて撫でたりする場面があるんだけど——。コーヒー、淹れようか？　……いいの？　……え、「なんでやめるんだ？」って。何か父親と娘が話すようなことじゃないなって思って。……そりゃそうだけど。まあ、とにかくムードがエロティックってこと。

そして、エドは談判のために男の部屋へ向かう。ニューヨークの下町にある古いアパート。ポールは、やって来た男がコニーの夫だとわかって一瞬動揺するけど、平静を装って部屋へ招き入れる。二人の緊迫したムードのなかでのやり取り。エドは努めて冷静に「妻と別れてほしい」と言う。そんな時、エドは見てはならないものをその部屋で見つけてしまうの。それは、エドがコニーの誕生日に贈ったスノー・ドーム。ショックを受けたエドは次の瞬間——そう、その置物でポールの頭を——ガツンと。何が起こったのか一瞬わからないポールが自分の頭に手をやると、血がバーッて。……そう、エドはポールを殺してしまうのよ。エドは、ポールの死体を布に包んで部屋から必死に運び出す。途中、死体を乗せたエレベーターが止まっちゃうっていうようなハラハラもあるけど、最終的にエドは死体を自分の車に乗せて運び去ることに成功する。その場面も監督の巧さがよく出てるんだけど、同じ頃、コニーは息子のチャーリーの幼稚園のお遊戯会に出てるのね。舞台の上であどけなく演技するチャーリーと血にまみれ汗だくでポールの死体を処理するエド——その二つの場面が交互に描かれるの。血まみれの死体とあどけない子ども。陰惨と可愛さ。不幸と幸福。……そう、その「コントラスト」がすばらしいの。

エドは最終的にポールの死体を夢の島みたいなゴミ捨て場に捨ててくる。けど、これで一見落着とはいかないのね。二人は互いのしたことをすべて知る。不倫に溺れた人妻と愛人を殺した夫——そんな二人が、いつものように生活をともにしていく——互いの秘めた真実を押し隠したまま。夫がチャーリーと戯れる。前と少しも変わらない幸福の風景。けど、二人の心のなかでは地獄のような暴風が吹いている……。そういう場面がたまらなく切ないの。コニーはふと空想する。あの風の強い日、もしもポールと出会わず、彼の部屋にも行かないでタクシーに乗って優しい夫と可愛い息子が待つ家に帰るもう一人の自分を。この場面はスローモーションで描かれるの。

ラスト・シーン。二人はチャーリーを連れて車でどこかへ向かう。人気もまばらな夜よ。二人は眠ってしまったチャーリーを尻目にこんなやり取りをかわす。「どこに逃げようか」「南の島がいい」「そこで太陽をいっぱい浴びて幸せに暮らそう」「そうね」——。逃亡生活が始まるのかもしれない——そんな風にわたしは思う。けれど、カメラが車からスーッて離れると、車の向こうに「警察署」という文字が見える。エドは自首するためにここに来たってことがわかるの。「POLICE」っていう警察署の明かりだけがポッカリと明るい夜の舗道。その脇に停まっているエドとコニーの車。哀切なピアノの音楽――終わり。
どうでしたか？　……そうね。オペラにでもなりそうな恋愛悲劇。フランスの映画のリメイクみたい。確かにフランス人が好みそうな話よね。結末が苦い。……大丈夫よ。あたしは幸せだから。さてと、じゃあ、買い物でもしてくる。何かほしいものないの、買ってくるから。……わかった。一人で大丈夫よね。じゃあ、ちょっと待っててね。すぐに帰ってくるから。

とさとこは元の椅子に戻る。

7 『ライフ・イズ・ビューティフル』――

九月――。
ヒグラシが鳴く声。
いくこが前方の椅子に座る。
いくこは架空の父親に語りかける。

いくこ　ご無沙汰してます。……櫛田さんじゃないわよ。いくこです、三女の。何度も間違えないでよ。……買ってきたわよ。そう、お団子じゃなくてドーナッツ。なんでわかるの？　まあ、いいけど。ううん、今日は絵画展じゃないの。フラメンコの発表会の帰り道。隣の駅の文化センターで。だからってついでじゃないのよ。……ハイ、元気です。お陰様で。相変わらず独り身でございます。そんなに短い間にドラマチックな変化があるわけないでしょ。……四ヶ月ぶりじゃないかな。……ハイ、無事に終わりました、書道展は。まあ、一応、好評でした。聞いたわよ、みんなの課題。みんな好評みたいじゃない。……お父さんにじゃなくて、見た本人に。ところでさ、今日の映画もそうだけどさ、九十年代の映画が多いような気がするんだけど、気のせい？　そうか――お母さんが病気で大変だった時期か。なるほどね。……うん、見たわよ。あらかじめ感想を言っとくけど、あたし、この映画見てティッシュ一箱全部使っちゃったわよ。（とドーナッツを食べる）さすがアカデミー賞取ってるだけはあるわよ、ほんと。……うん、初めて見た。名前は知ってたけど。……いいのよ、少しくらい太っても。別に太っても誰かに文句言われるわけじゃないんだから、あたしは。じゃあ、その感動の物語をお聞かせしますね。タイトルは『ライフ・イズ・ビューティフル』ね。

背景のスクリーンに『ライフ・イズ〜』の一場面の写真が写る。

いくこ　イタリア映画なのね、これ。公開されたのは一九九七年。主人公はグイドって名前のユダヤ人。グイドは、イタリアのトスカーナ地方にある小さな町アレッツォに叔父を頼って友人といっしょにやって来るの。このグイドを演じているのが監督もしてるロベルト・ベニーニって役者さん。いくつくらいかな？　三十代後半くらい？　髪がもう薄くなり始めてるチョコチョコ動き回る小男。しかも、よくしゃべる。まあ、ハッキリ言うと、わたしが最も嫌いなタイプね。けど、この人にこうも泣かされちゃうんだから、映画ってのは凄いわよ。で、グイドはレストランのウェイターとして働き出すんだけど、ある日、この町の小学校で先生をしているドーラって女の人に出会い、一目ぼれ。ドーラには市役所に勤めてるエリートの彼氏がいるんだけど、グイドは徹底的に押しまくってついに彼女を振り向かせることに成功するの。この押しの強さと言ったら凄いもんで、ドーラは最終的に彼と結ばれるけど、もしも、あたしがドーラならすぐに警察に被害届を出すと思う。ま、そんなに言い寄る男はないけどね。ハハハハ。
ドーラとエリートの彼氏の婚約披露パーティーの会場から、まんまとドーラを連れ去ったグイドは、彼女を自分の家に連れていく。鍵がなくて困ってると、ドーラは家の近くにある植物がたくさんある温室にスッて入ってちゃうのよ。カメラはそのままドーラの去った暗室の入り口を写し続けてる。すると「ジョズエ！」って言うドーラの声がして、そこから一人の小さな男の子が走り出てくるの。ジョズエって言うのは、二人の間にできた子どもらしいことがすぐにわかるんだけど、二人が結婚してその男の子を授かったってことを一気に省略してみせるわけ。その時間のジャンプの仕方が「鮮やか！」って感じ。ここまでは、何て言うかコテコテのイタリア喜劇って感じの作り方で「何だかなあ」って思って見てるんだけど、この後がもう涙なしには見られない悲劇になっていくのよ。

ジョズエの誕生日のその日、グイドとジョズエは、得体の知れない男たちによって強制的に列車に乗せられるの。そう、得体の知れない男たちっていうのはナチス・ドイツの軍人たち。彼らの行く先はユダヤ人をたくさん殺した強制収容所よ。そんな二人を駅で見掛けたドーラも自ら進んでその地獄行きの列車に乗り込むの。

悪名高きドイツの強制収容所にやって来たグイドは簡易ベッドがズラリと並ぶ薄汚い宿舎に連れて行かれる。そこにいるのは、縦縞の囚人服を着た生気の失せたユダヤ人の群れ。扉が乱暴に開いて、軍服を着たドイツ軍の将校が数人、部屋へやって来る。「ドイツ語のわかるヤツはいるか！」――すると、グイドが手を挙げて将校の横へ行く。ドイツ語を通訳してここの心得を伝えるためよ。将校はドイツ語でまくしたてる。そんなドイツ語で語られる収容所心得をグイドはジョズエのためにこう訳すの――「これからゲームを始める！　一〇〇〇点取るとご褒美として本物の戦車がもらえるぞ！」って。（と泣く）……ごめん。もう、思い出しただけでも涙が出ちゃう。シーンとしては笑っちゃうくらいおかしい場面なのよ。けど、グイドはね、グイドはね――（と泣き）幼いジョズエのために、あくまでもゲームとしてこの収容所生活を乗り切ろうとするのよ。……そうなの、それは余りにも、余りにも優しい嘘なのよ、ジョズエのための――。（と食べる）……「食べるか泣くかどっちかにしろ」？　ごめんなさい、あたし、感情が高ぶると食べちゃうのよ。（とお茶を飲み）……ごめん、もう大丈夫。とにかく、最初、「髪がもう薄くなり始めてるチョコチョコ動き回る小男」としか見えなかったあの男が、神のような輝きを放ち出すのよッ。そして、グイドは過酷な強制労働で疲れきったからだを引きずるように宿舎に帰ってきても、ジョズエの前では笑顔で頑張るの――「これはゲームなんだよ」って言って。こんな優しい人がいる？　もう、あたし、男を顔で決めるのやめようと一瞬思ったわ、ほんと。あたし、こういう家族ものに弱いのよ。いろんなことがオーバーラップして。

いくこ、しばし泣きながらドーナッツを食べる。

いくこ

ごめん、取り乱して。続き言わないとね。最後はね、戦争も終わる頃。ジョズエを逃がすためにグイドは彼をごみ箱みたいな場所に隠すの。自分は女の囚人に化けて、ドーラを探しに行く。けど、ドーラは見つからずグイドはドイツ軍の兵隊に見つかってしまう。兵隊に連行されるグイドとごみ箱のなかにいるジョズエの目が合う。……あ、ごみ箱にはのぞき窓みたいな穴があるのよ。……細かいわね。けど、グイドはおどけてヘンな歩き方をわざとしてジョズエの視界から消える。その後に「ババババババッ」と銃声。そう、グイドは無残にも銃殺されるのよ！　けど、それは同時に、最後の最後までジョズエの前で「ゲーム」をやり切ったってこと。何てすばらしい父親なのって思ったわ。

そして、ラスト・シーン。砂埃《すなぼこり》舞う誰もいなくなった収容所。ジョズエがおずおずとごみ箱の外に出ると――そこに現れるのよ。ガタガタガタガタ――という地響きとともに。戦車よ、連合国の！　それを見てジョズエは叫ぶ。「父さんの言ったことは本当だったんだ！」って。ジョズエは連合国の兵士に戦車に乗せてもらって上機嫌。その道すがら、解放された母親のドーラと再会。「ママ！」「ジョズエ！」――残され母と息子がしっかりと抱き合ってストップ・モーション。

いくこ、お茶など飲んで興奮を収める。

いくこ　以上――三女のいくこの語る『ライフ・イズ・ビューティフル』、全巻の終了でございます。いやあ、いい映画だった、ほんと。ふふふふ。いえね、前の映画といい、この映画といい、お父様はいい映画、たくさん知ってるんだなあって思って。この課題のおかげで、あたしの精神生活、かなり充実してるような気がする。次は何がいい？　お姉ちゃんからのメールじゃなくて、何か教えてよ、直接。じゃあ、すぐにじゃなくていいから帰るまでに教えてよ。あれ、誰か来たかな？　今、玄関で――。ガイドの櫛田さん？　櫛田さんってガイドだったの？　じゃあ、鍵、開けてくる。ちょっと待ってて。

いくこは自分の椅子に戻る。

8 『グラン・トリノ』

十月――。
風が吹いている。
ゆおりが前方の椅子に座る。
ゆおりは架空の父親に語りかける。

ゆおり お土産買ってきたわよ、ドーナッツ。もうお団子は真っ平なんでしょ？　あれ、ドーナッツ嫌い？　ならそんな悲しそうな顔しないでよ。それより大丈夫なの？　玄関先で転んで大変だったって――お姉ちゃんが。まだそんなに慣れてないんだから、外に出る時は誰かといっしょじゃいないとダメよ。車だって走ってるんだから。……ニュース？　まあ、ニュースって言えるかどうかわかんないけど、典子に彼氏をこの間、紹介してもらったわ。同じ高校の子よ、サッカー部ですって。まあ、いい子だけど、何か冴えない感じの子でさ、もうちょっとマシな男はいないのかって思ったわ、正直言って。
もちろん見たわよ、お望みの映画。父さん、この映画に出てる俳優、好きなんでしょ。調べてみてわかったんだけど、父さんのこの人、同い年なのね。一九三〇年生まれ。それなのに現役バリバリで、俳優だけじゃなく今じゃ監督として有名なんだから凄いわよね、この人。そんな人が作ってるせいか、父さんとダブるようなところのある映画だったんじゃないかな。クリント・イーストウッド監督・主演の『グラン・トリノ』の話よ。……トイレ？　今日は大丈夫よ、さっき行ったから。

背後のスクリーンに『グラン・トリノ』の一場面の写真。

ゆおり　新しい映画よね、これ。二〇〇八年の映画。あたしなんかよりよく知ってるだろうけど、「グラン・トリノ」っていうのは、アメリカの自動車メーカーのフォード社が作った車の名前ね。物語はパイプオルガンの演奏が鳴り響く葬儀の場面から始まるの。場所は立派な教会。亡くなったのは主人公のコワルスキー――これがイーストウッドね。その奥さん。憮然と葬儀に立ち会う彼は、お臍《へそ》にピアスをしてる孫娘をギロリと睨んだりする。コワルスキーには息子が二人いるんだけど、頑固者の父を嫌って、どちらとも余りうまくいってない様子。そんなこんなで、老いた彼は、ミシガン州デトロイトでの一人暮らしを強いられる。デトロイトは日本車の台頭の影響もあって、今や東洋人の町。コワルスキーの家の隣にも黄色人種である〝モン族〟の家族が住んでいる。〝モン族〟って、わたしは詳しく知らないけれど、中国系の黄色人種だと思う。ここにはタオという名前の少年とその姉のスーが母親とおばあちゃんといっしょに住んでいる。そんな豪華でもないけど、かと言って貧乏って感じでもない普通の一戸建てね。タオは中学生くらいかな、ちょっと孝夫くんに似てる。お姉ちゃんの息子よ、アメリカに行ってる。スーは高校生くらいで不動産屋のヨシコちゃん、わかる？　あの丸顔の娘にそっくり。
コワルスキーは、元々はフォード社にずっと勤めてたって設定で、ポーランド系のアメリカ人。だからか、黄色人種に支配されたようなこの町も、そこに住む人も、彼を心配してくれている若い神父さんも、みんな鬱陶しく感じられて、いつもペッ、ペッとツバばかり吐いている。相棒は犬のスージーだけ。

ある日の深夜、タオは町のちんぴらグループに唆《そそのか》されてコワルスキーの家の車庫に忍び込むの。なぜなら、そこにはピッカピカの七十二年型のグラン・トリノがあるからよ。「それを盗んでこい！」ってわけ。物音に目を覚ましたコワルスキーは、銃を構えてタオを撃退する。次の日、タオの姉のスーが町中で黒人の不良に絡まれてるのを目撃したコワルスキーは、達者な口ぶりと持ってた拳銃で追い払い、スーを助けてあげるの。そんなことをきっかけにして、スーはコワルスキーに深く感謝して、彼を家のパーティーに呼ぶ。毛嫌いしていた隣人だったけど、心のある歓迎にコワルスキーもだんだん彼らと打ち解けるようになる――。そして、モン族の家族は、いろいろしてもらったお礼にと「タオにあなたの家の雑用をやらせてください」って申し出るの。最初は断るコワルスキーだったけど、屋根の修理とか、庭の木を根元から引き抜くとか、放置された岩をどけるとか、そういう力仕事をタオに頼むようになる。

そんな風に二人の気持ちがぐっと近付いてきた時よ、タオは街角で出会ったちんぴらグループにイチャモンをつけられてリンチされちゃうの。「何てめえ真面目に働いてなんかいるんだよォ」かなんか言われて。で、火のついた煙草を顔にギュッて――。それを知ったコワルスキー爺さんは、怒ってちんぴらの一人に報復するわけ、暴力で。そいつをボコボコにして「タオに手を出したらただじゃおかないぞッ」って。そんなことがあった後のある夜、タオの家にたくさん銃弾が浴びせられる。ちんぴらたちの仕返しよ。コワルスキー爺さんは銃を持って急いでタオの家へ。「大丈夫かッ」――幸い誰も怪我はしなくてすんだけど、スーがいない。不安に駆られる家族とコワルスキー爺さん。……何？　花咲か爺さんみたい？　わかった、じゃあ「爺さん」は取るわよ。すると、そこにスーが帰ってくるの。顔中傷だらけで、着てるものはズタズタ。スーもちんぴらたちにひどいことされたわけ。一人自宅へ戻って苦悩するコワルスキー。「オレがあんなことをしなければ、こんなことにはならなかった」って。――あ、言い忘れたけど、コワルスキーは朝鮮戦争で若い子を殺した過去があって、そのことをずっとトラウマみたいに引きずってるの。それと――病気なの。結核。コンコンって咳するとハンカチに血が滲むような。タオもそのことを知ってる。報復に燃えるタオを自宅に呼んで銃を見せるコワルスキー。そして、てっきりタオといっしょにちんぴらに復讐に行くのかと思ったら、そうじゃないのよ。どうすると思う？　……タオを地下室に監禁して、単身乗り込むのよ、コワルスキーは、ちんぴらたちが集まってるところへ！　「開けろよッ開けろッ」タオが叩く地下室のドアの音を尻目に、コワルスキーは家を出る。そして、やって来たのは、ちんぴらたちが住んでるらしいアパートの庭先。夜よ。彼を見て、ちんぴらたちは口々に「へヘッ。頭のイカれたジイだぜ」と軽口を叩いて一斉に拳銃を構える。西部劇みいな対決場面。敵は複数、コワルスキーは一人。彼はそんな緊迫した状況のなかで、右手の指で作った銃で彼らを一人ずつ撃つ真似をするパン――パン――パンって。そして、煙草をくわえてから「これからライターを出す」とちんぴらに宣言してから――サッと右手を自分の懐へ入れる。バンバンバン！　――悪党たちの拳銃が一斉に火を吹く。コワルスキーは、その銃弾をからだいっぱいに浴びてその場に倒れるの。嘘ッ――と思った。だってそうじゃない？　悪党が勝つ西部劇なんて誰も見たがらないもん。けど、よくよく考えてみると、これはコワルスキーの愛の行動だったと思い直す――「タオにオレのような罪を負わせない。アイツの代りにオレが死のう」っていう――。

ラスト・シーンは木々がズラリと立ち並ぶ海辺の道。その道をタオが乗ったグラン・トリノが走っていく。コワルスキーの遺言で、グラン・トリノはタオに譲られたってわけ。走り去った海の見えるその道がずっと映っていて……終わり。

うん、いい映画だった。派手な映画じゃないけど、腰の座った渋い映画って感じかな。わたし、何かクリント・イーストウッドってダメなの。でも、この映画はおじいちゃんなのに凄くかっこよかった！　意気地無しのタオに男らしい挨拶やしぐさを教えるために床屋をやってる仲良しの友達とわざと乱暴な会話するシーンは凄く面白かったし、チンピラと対決する前に神父様のところへ行って「息子たちとどう付き合ったらいいのかわからなかった。それだけがずっと気になっていた」って懺悔《ざんげ》するシーンなんか涙出ちゃったわ、ほんと。

それにしても、さっきも言ったけど、この年でいまだに現役っていうのが凄いわよ。だから、父さんも負けないでよ、同い年の人がこんなに頑張ってるんだから。ちょっと寒くなってきたかな。暖房つけるね。

ゆおり、元の椅子に戻る。

9　『ショーシャンクの空に』

十一月――。
雨の音など。
かずみが前方の椅子に座る。
かずみは架空の父親に語りかける。

かずみ　よく降るわね。ちょっと寒いですか？　膝掛けかけますか？　今日はさっそくやりましょうか。この映画ね、とっても人気あるみたい。ＴＳＵＴＡＹＡってわかりますか？　レンタルＤＶＤのお店。そのＴＳＵＴＡＹＡで人気ナンバー１がこの映画でした。タイトルは『ショーシャンクの空に』――。

背後のスクリーンに『ショーシャンクの空に』の一場面の写真。

かずみ　ＤＶＤのパッケージにはこういう紹介文がありました。「一九四七年、銀行員として成功していたアンディ・デュフレーンは、妻とその愛人を射殺した罪に問われてしまう。アンディは裁判で容疑を否認したが、終身刑の判決を受けショーシャンク刑務所に投獄される。刑務所が持つ異質な雰囲気に初めは戸惑い孤立するアンディだったが、決して希望を捨てず、明日の自由を信じ続けた。そんな中、〝調達屋〟と呼ばれ、服役囚たちから慕われている囚人〝レッド〟ことエリス・ボイド・レディングと出会う。鉱石を砕くロックハンマーやリタ・ヘイワース、ラクエル・ウェルチといったスターたちのポスターなどをレッドに調達してもらううち、少しずつ二人の交流が深まっていく。アンディは元銀行員の経歴を遺憾なく発揮し、刑務所内の環境改善に取り組むことでレッドや他の囚人たちからの信頼を高めていく。さらには、刑務官たちからも一目置かれるようになり、彼らの税務処理や所長の所得隠しまで請け負うことになるが、アンディにはある考えがあった。その後、年老いたレッドは、数十年の服役ののち仮釈放されるが、服役前と大きく様変わりした社会に順応できずにいた。孤独と不安から希望を失いつつあった時、レッドはふとアンディとの約束を思い出す」――。

最初は父さんに話さなきゃいけないと思って義務で見出したんですけど、凄くいい映画でした。わたし、感動して泣いちゃいましたよ。ずっと前にテレビで流して見たことがあったですけど、ちゃんと見たのはこれが初めて。アンディを演じてるのはティム・ロビンスで、レッドはモーガン・フリーマン。ティム・ロビンスはすごい背の高い白人の役者さんだけど、モーガン・フリーマンは黒人の役者さん。年はいくつくらいなんですかね。とにかくいろんな映画に出てるから凄い人気者なんだと思います。……知ってるの？　ならイメージしやすいでしょ。原作はスティーヴン・キング。怖い小説書く人よね。そうそう『シャイニング』を書いた人。その人の『刑務所のリタ・ヘイワース』っていう小説が原作らしいです。……いいえ、本人が出てくるわけじゃないの。彼女たちのポスターが出てくるの。主人公のアンディは脱獄するために刑務所の独房の壁に大きな穴を掘るのね。その穴を看守たちにバレないように隠すために壁にポスターを貼る。……どんなポスター？

裸です、裸。スラリとした手足の。そのポスターが最初はリタ・ヘイワースで、次がマリリン・モンロー、最後がラクエル・ウェルチ。知ってますか？　……『ギルダ』？　知りませんの。けど、リタはすごい美人、女のわたしから見てもそう思う。ヘップバーンじゃないんですか？　……両方スキなのね。そりゃ気が多いことで。ふふ。刑務所で映画が上映されるシーンがあってね、リタが出てくると囚人たちが「わーっ」て歓声をあげるんですけど、ああいうところにずっと閉じ込められてる男の人たちにとって、女性って凄く恋しいもんなんだろうなあって思いました。……何ですか、「オレと同じだ」って？　やめくださいよ、そういう言い方。それに父さんはポスターじゃなくてこんな美人が直接お相手してるんだから文句言わないでください。

……え？　そうそう。アンディは脱獄するんです、嵐の夜に。ずっと仲間の囚人たちや看守の人たちにバレないように、コツコツと一人で独房の壁を削って――。わたしもびっくりしましたけど、刑務所の人たちはもっとびっくりしたんじゃないですか。だって、アンディは、それまですごく真面目って言うか、模範囚みたいだったんですから。「囚人だけど紳士」みたいな風情って言うんでしょうか。そんな風に自分の運命を淡々と受け入れているように見えたアンディが、実は脱獄を一人密かに計画していたってとこが凄くドラマチック。

……え、もっと感情を出せ？　……ごめんなさい。努力します。雷鳴轟く嵐の夜、汚水が流れる下水管を、こう石を片手にアンディは雷の音に合わせて叩き割ろうとする、逃げるために。「ピカッ、ドカーン！――ガン！」「ピカッ、ドカーン！――ガン！」（と配管を架空の石で割ろうとする）……うまく伝わってますか、今の？　そして、鼠なんかいそうなドロドロの水の流れるそこをアンディは這いつくばって進んで刑務所から逃げるんです。そして、ドシャ振りの雨のなか、アンディは脱出した喜びをこう――（とその場面を再現しようとするが）両手を上に挙げて表現するんです。まるで神に感謝してるみたいな感じで。……つまらないですか、わたしの話？　だって、あんまりわたしの感動が伝わってないみたいだから。……そこまでしなくていい？　わかりました。

刑務所からの脱獄に成功したアンディは行方知れず。そんなアンディとの思い出を胸に年月を重ねたレッドも、ついに仮釈放で出所することになる。出所したレッドは、田舎町のスーパーで働くことになる。そこで真面目に働きながらも、トイレに行く時、いちいち店主に「トイレに行っていいですか」とか尋ねたりするから、店主はレッドを煙たがっている。「ここではいちいちトイレに行くことを告げなくていい」って。刑務所生活が長かったから、誰かに許可を取らないとそういうことすらできなくなっているってことなんです。当然、親しい友達もいない。レッドは孤独のうちにふと死ぬことを思い詰めるんです。そんなある日、レッドは仕事の帰りに骨董品のお店の店先に立ち寄るんです。その店のショーウィンドウにいろいろな品物が並べられているのが見える。その時、画面に二つのものが映し出されるんです。何だと思います？　それはね、拳銃と羅針盤なの。わたしはレッドはその銃を使って死ぬんだと思う。言い忘れましたけど、レッドより前に仮釈放された囚人仲間の老人は、社会生活に適応できないで銃で自殺しちゃうってエピソードがあるんです。だから、レッドもそうするにちがいない。けれど、次の場面でレッドはバスに乗って町を出るの、骨董品屋で買った羅針盤を手に。ずっと前にアンディと約束したあることを思い出したから。その約束とは「もしも君が出所したら、ある場所にある樫の木の下に行ってくれ。その木の根元にあるものを埋めておく」――。レッドは、アンディの指定したその木の下に向かう。辺りを注意深く見回して、木の下の土を掘る。そこから出てきたのは少しのお金とアンディのいる場所を示したメモなんです。ラストシーン。とある海辺で二人は再会するんです。アンディは海辺で自家製の船か何かを作っている。そこにトボトボと老いたレッドが近付いてくる。昨日、別れた友達同士みいたな笑顔でアンディはレッドを迎える。そんな二人の友情の美しさを象徴するみたいに綺麗な青い海と打ち寄せる波が画面いっぱいに写って――ザザーッザザーッ……終わり。どうでした？　少しはうまく伝わりましたか、わたしの話？　けど、この映画がTSUTAYAの人気ナンバー1ってのもわかる気がします。長い映画でしたけど、全然そう感じませんもん。ちゃんと覚えてませんけど、いい台詞もいっぱいありました。……思い出せない。けど、見た時には「あ、いい台詞だな」っていうのがいくつも。……ハイハイ、わかりました。次はちゃんとメモしておきます。ふふふふ。いえ、映画って不思議なもんだなって思って。この映画見ながら、わたしが何を思い出したと思います？　お父さんのことですよ。いいえ、アンディじゃなくてレッドみたいだなって。レッドがそうであるように、お父さんも希望を持って生きてくださいね。さてと、じゃあ、買い物してきます。何かほしいものありますか、買ってきますよ。……わかりました。一人で大丈夫よね。じゃあ、ちょっと待っててくださいね。すぐに帰ってきますから。何かあったら携帯電話に連絡してください。

とかずみは元の椅子に戻る。

エピローグ

十二月――。
と後方の席にいたゆおりが前に出てくる。

ゆおり　ホラ、みんな、こっちこっち！
とそれに続いていくことさとこも前へ。

三人　お姉ちゃんも！
とかずみも前へ出てくる。

ゆおり　準備オーケーよ。
とかずみが真ん中へ来る。

かずみ　じゃあ、今日はお父さんの誕生日なので、いつもと違う趣向でやります。

三人　ハーイ。
かずみ　今日、お聞かせする映画の題名は言いませんから、終わったら当ててくださいね、お父さん。

四人、それぞれ定位置につく。
音楽——。
背後のスクリーンに『素晴らしき哉、人生！』の一場面の写真。

かずみ　まず鐘の音が聞こえてくる。
ゆおり　画面いっぱいのクリスマス・カードに俳優たちの名前。
いくこ　すると星のきらめく夜空。
さとこ　ここはどうやら天国らしい。
かずみ　画面いっぱいにいくつも星、星、星。
ゆおり　そんな星の夜空を背景にどうやら神様らしき男の声がして、一人の天使を呼び寄せる。
いくこ　天使の名はクレランス。
さとこ　翼のない二級天使。
かずみ　神様はクレランスに言う。
ゆおり　「これから一人の男が死のうとしている。お前はそれを救うのだ」
いくこ　「うまくいったら褒美に翼をやろう」
さとこ　クレランスは神様に問う。
かずみ　「その男はどんな男なんですか？」

ゆおり　神様は、その男——ジョージ・ベイリーについて話し出す。
いくこ　子どもの頃に、氷の張った池に落ちた弟ハリーを助けたこと。
さとこ　本当は町を出て世界に飛び出す大きな夢を持っていたこと。
かずみ　夢の実現のために大学進学のお金を父親の住宅ローン会社で働いてためたこと。
ゆおり　いよいよ旅立とうした時に父親が死んで会社経営をすることになったこと。
いくこ　学生時代からの知り合いだった美しいメアリーと困難を乗り越えて結婚したこと。
さとこ　新婚旅行の時に大恐慌が起こり、新婚旅行の旅費が全部支払いに消えてしまったこと。
かずみ　町の人たちの信頼を得て真面目に働いたこと。
ゆおり　妻との間に二人の男の子と二人の女の子に恵まれたこと。
いくこ　戦争で大活躍した弟のハリーが大統領に表彰されたこと。
さとこ　その年のクリスマスに一緒に働く叔父が銀行に預ける八〇〇〇ドルを紛失してしまうこと。
かずみ　ずっとジョージを毛嫌いしていた高利貸しのポッターにお金の工面をお願いするが断られてしまうこと。
ゆおり　追い詰められて、妻や子どもに当たり散らしてしまったこと。
いくこ　そして、ついには雪の降りしきる町外れの橋から投身自殺をしようとしたこと。
さとこ　そこに神様から命令を受けた二級天使のクレランスが現れる。
かずみ　クレランスは白い髪をした飄々《ひょうひょう》としたお爺さんのよう。
いくこ　ジョージはクレランスに言う。
さとこ　「オレなんか死んだ方がましだ」「生まれなければよかった」と。
かずみ　そんなジョージに天使のクレランスは言う。
ゆおり　「君にいいものを特別に見せてあげよう」

いくこ　それは「ジョージが生まれなかった世界」――。
さとこ　突然、雪が振りやみ、クレランスはジョージとともに町へ戻る。
かずみ　酒場へ行く。しかし、親しかった人々は誰もジョージのことを知らない。
ゆおり　自分の住んでいた家へ行く。しかし、そこは荒れ果てた廃墟だった。
いくこ　母親の家へ行く。しかし、母親は「息子なんいない」と言ってジョージを追い払う。
さとこ　妻の働く図書館へ行く。しかし、彼女はジョージに腕を掴まれて悲鳴を上げる――「あなた誰なの！」と。
かずみ　メアリーは結婚せず、ずっと独身のままだった。
ゆおり　呆然とするジョージにクレランスは言う。
いくこ　「一人の命は大勢の人生に影響してるんだ」
さとこ　「一人いないだけで世界は一変するんだ」
かずみ　「君はすばらしい人生を送ってきた」
ゆおり　「だから捨てるのは間違いだ」と。
いくこ　身を投げようとしていた橋に戻ったジョージは神様に願う。
さとこ　「もう一度、家族の元へ戻してくれ」
かずみ　「もう一度生きたい」と。
ゆおり　やんでいた雪が再び降り出す。
いくこ　そして、ジョージは再び自分がいた元の世界へ戻ってくる。
さとこ　そんな目で見る世界は輝いて見えた。
かずみ　ジョージは雪の降りしきる町を走りながら叫ぶ。
ゆおり　「メリー・クリスマス、映画館！」

いくこ　「メリー・クリスマス、百貨店！」
さとこ　「メリー・クリスマス、住宅ローン！」
かずみ　ジョージは確信したのだ。
ゆおり　「わしがいたからこの世界はあるんだ」
いくこ　「わたしがいたから彼らがいるんだ」
さとこ　「わたしがいたからああではなくてこうなのだ」
かずみ　そして、自分の家に辿り着いたジョージは子どもたちと再会する。
ゆおり　子どもたちを抱き締めて喜ぶジョージ。
いくこ　そこへジョージを探しに行っていたメアリーが帰宅する。
さとこ　抱き合うジョージとメアリー。
かずみ　メアリーに続いて町の人たちが次々と家を訪れる。
ゆおり　メアリーの呼び掛けでジョージのために寄付金を持って。
いくこ　帽子のなかにあっという間にたまるお金。
さとこ　みなジョージのことを助けてやりたいと思ったからだ。
かずみ　誰ともなく歌を歌い出す。
ゆおり　曲は『蛍の光』――。
いくこ　ジョージはふと『トム・ソーヤの冒険』の本を見つける。
さとこ　その本は二級天使クレランスの愛読書。
かずみ　その本を開くと、そこにはクレランスからジョージに宛てたメッセージが書かれている。
ゆおり　「友のいる者に挫折はない。翼をどうもありがとう。クレランス」
いくこ　「誰から？」と問うメアリー。

さとこ　ジョージはにっこりとそれに答える――「親友からのプレゼントさ」と。
かずみ　画面に大きな鐘がいっぱいに写る。
ゆおり　鐘は大きな音を立てて鳴り響く。
いくこ　「ベルが鳴るのは天使が翼をもらった合図」――。
さとこ　ジョージは幼い娘にそう答えるのだった。……お終い。

人々、架空の父親に語りかける。

かずみ　さて、何だかわかりましたか？
ゆおり　その通り――『素晴らしき哉、人生』よ。
いくこ　ずっと前にお母さんに聞いたことある。これが初めてのデートで見た映画だったって。
かずみ　新しい映画もいいけど、昔見た映画を思い出すのもたまにはいいでしょ。
ゆおり　どうだった？
いくこ　台本はお姉ちゃんが書いたのよ、これ。
かずみ　お父さん、誕生日おめでとう。長生きしてくださいね。
ゆおり　おめでとう！
いくこ　おめでとう！
さとこ　……ヤだッ。泣いてるの、お父さん？
ゆおり　いいわよ。そっとしておいてあげなよ。娘たちにここまでされたんだから泣いて当然。ハハハハ。
さとこ　何？　何か言いたいの？

と架空の父親に近付くさとこ。
そして、架空の父に自分の耳を寄せる。

さとこ　……うん、わかった。
ゆおり　何だって？
さとこ　うん。
いくこ　感想？　今のあたしたちの朗読への。
さとこ　そうみたい。
かずみ　何ですって？
さとこ　……うん。
ゆおり　何よ、何て言ったの？
さとこ　お父さんからみんなへの伝言です。

人々、さとこに注目する。

さとこ　「ホルンのパートが弱い」――。

意外な言葉にハッとする人々。

ゆおり　何よ、それ。

いくこ　いまいちってこと、それ？
さとこ　そういうことじゃないの？
かずみ　ハハハハ。

と笑うが涙が溢れてしまうかずみ。
それを見て、いくことさとこも泣いてしまう。

ゆおり　やめてよ、泣くのはこっちじゃなくて父さんの方じゃないッ。
かずみ　ほんとね。

ゆおり、父さんの椅子を回転させてスクリーンの方へ向ける。
と、スクリーンには今まで見た映画の数々の写真。
それに混じって娘たちの幼少期から成人期の写真。
映画『ブラス！』と幼いさとこ。
映画『運動靴と赤い金魚』と幼いいくこ。
映画『刑事ジョン・ブック～目撃者』と幼いゆおり。
映画『シザーハンズ』と幼いかずみ。
映画『運命の女』と高校生のさとこ。
映画『ライフ・イズ・ビューティフル』と高校生のいくこ。
映画『グラン・トリノ』と高校生のゆおり。
映画『ショーシャンクの空に』と高校生のかずみ。

映画『素晴らしき哉、人生！』と大人の四姉妹。
ただし、映写されるのは娘たちで、父親の顔は一切スクリーンには出てこないこと。
ゆおり、奥から誕生日のケーキを持ってくる。
ケーキの上には蠟燭が何本か。
かずみ、「ハッピー・バースデー」を歌う。
人々もそれに唱和する。

人々　ハッピーバースデートゥユー。ハッピーバースデートゥユー。
ハッピーバースデーディア父さん！　ハッピーバースデートゥユー。

四人が真ん中に集まって、蠟燭の火を消す。
暗転。
と鐘の音が聞こえる。

〔参考文献〕

各映画のＤＶＤ、各映画のプログラム。
『世界は「使われなかった人生」であふれてる』沢木耕太郎著（幻冬舎文庫）
『「愛」という言葉を口にできなかった二人のために』沢木耕太郎著（幻冬舎）

和紙の家

作／村松みさき
高橋いさを

［登場人物］

誠子（姉）

優子（妹）

千代（母）

とき（祖母）

プロローグ

舞台前方の右と左に椅子が二脚（誠子と優子が使用する現代の椅子）。

その後方にちょっと高いエリアがあって、その中央に椅子が一脚（千代が使用する過去の椅子）。

四人の女たちが出てきて、所定の位置に立つ。

誠子　わたしの家は和紙を作り、販売することを生業《なりわい》としている。
優子　和紙と一言で言ってもその用途はさまざまで、ふすま用、障子用、習字用、便箋《びんせん》用、葉書、封筒、書画用、水墨画用、帳面用、うちわなどの生活用品、包装紙などの種類がある。
千代　和紙の原材料は、麻、コウゾ、ミツマタ、桑、がんぴ、竹、アサなど山に育つ木々。
とき　それを職人たちがせっせと加工して和紙に作り変える。
誠子　代表的な製造方法は「流し漉《す》き」と呼ばれ、ネリと呼ぶ植物性の粘液を混ぜて和紙は作られる。
優子　和紙作りは基本的に手作業なので、職人の腕が大きく問われる。
千代　次に原料を「紙床《かみどこ》」と呼ばれる板で挟み、圧搾《あっさく》機で脱水する。
とき　それが終わると「紙床」から和紙を丁寧にはがし、「張り板」に張り付ける。
誠子　「張り板」に張り付けられた和紙は、庭で天日干《てんぴぼ》しする。

優子　じゅうぶんに乾燥させたら「張り板」からはがして、和紙は完成。

千代　葉書用や習字用の和紙は、万年筆や筆で試し書きをしてその書き心地を試す。

とき　もし書き心地が不快ならその旨を紙漉《す》き職人たちに伝えて、作り直すことになる。

誠子　和紙の特長はいろいろあるが、例えば——見た目の美しさ。

優子　感触の暖さと通気性。

千代　薬品を使わないので環境に優しい。

とき　機械にはなかなか真似できない職人技が生きている。

誠子　けれど、一番すばらしいのは、繊維がきめ細やかなので、丈夫で長持ちするという点であると思う。

誠子は所定の椅子に座る。

他の人々は一度、舞台から去る。

1　姉妹

一九九九年、夏――。
関東地方の山間にある田舎町。
昔から和紙の生産が盛んだった場所。
緑生い茂る山々の麓にある一軒家。
中原家の長女・誠子。

誠子

はじめまして、中原誠子です。中原家の長女として家業である紙問屋を継いでから早いものでもう二十年が経ちます。ご存知ないですか、「和紙中原」？　手前味噌ですけど、和紙の専門店・中原の和紙っていうと昔は本当に名家だったんです。昭和の始め――祖母の代はまさに全盛期。それが母の代を経て、今はわたしが店を切り盛りしてます。祖母と母が大切に受け継いできた「和紙中原」の存続に心血を注ぐこと――わたしは結婚もせず、この家のために一生を捧げる覚悟をしてやってきました。けれど、時代の変化っていうのは悲しいものです。来年は西暦二〇〇〇年。パソコンもメディアも発達し、世間では年が明ける瞬間にコンピューターが誤作動を起こし、大変なことになるっていう憶測が飛び交ってます。そんな時代ですから、紙問屋が衰退するのも当然の流れなのかもしれません。そんな折、昨年、母の千代が亡くなり、今、わたしは大きな決断を迫られています。このままこの和紙の商売を続けていくか——否か？　そんな時です、優子がひょっこり家に戻ってきたのは。優子——二つ違いのわたしの妹です。若い時にここを飛び出し、一度もここへ戻らなかった奔放な性分の妹。風の噂で水商売をやっていると聞いたことがありますけど、どこでどんな暮らしをしているのか——姉のわたしにもさっぱりわからない困った妹。それがどういうわけか突然、戻ってきたのです。

と優子が出てきて、反対側の椅子に座る。

優子

中原家の次女・優子——わたしのことである。中原家の困った問題児——お姉ちゃんがそう思うのも仕方ない。今まで何度人様に迷惑をかけて生きてきたかわからない。優等生だった姉とは正反対の性格。そんな姉とよく比較されるのがわたしの何かに拍車をかけた。若い頃は音楽や芝居にうつつを抜かした。見るだじゃなく自分でも歌い、演じた。もちろん、家出同然に故郷を離れて三十年余り、何度か実家に帰ってみようという気になったこともある。けれど、そんなわたしをかたくなに押しとどめたのは、やはり、今さらあの優等生の姉にどんな顔をして会えばいいのかという気後れのような気持ちだったにちがいない。だから、わたしは母の千代が亡くなった時でさえ、葬式に顔を出さなかった。絵にかいたような親不孝もの——確かにわたしはそういう子どもだったのだと思う。母は姉を可愛がった。素直で成績もよかった姉を見れば当然のことなのかもしれないと今は思う。子どもの頃、できあがった和紙を保管しておく倉庫——わたしたちはそれを「紙倉庫」と呼んでいたが、入ってはならないと言われていたその倉庫にわたしたち姉妹はよく侵入して遊んだ。この時ばかりは、母も姉とわたしを区別なく叱ったが、不思議なことに祖母のときは姉に厳しく、わたしには甘かった。そう、祖母はいつでもわたしの味方だった。姉に与えないものもわたしにはくれた。着物も、べっ甲でできた髪飾りも、真珠の装飾品も。耳の奥には「優ちゃんはおばあちゃん自慢の孫なんだから」という囁き声が未だに残っている。

　　蝉の声が聞こえる。
　　中原家の庭付近。

誠子　待って、優ちゃん！
優子　何よッ。
誠子　悪かったわ。ちょっと言い過ぎた。
優子　……。

　　優子、はあはあ言っている。

誠子　こんなとこで倒れないでよ。
優子　……。
誠子　ふふふふ。
優子　何よ。
誠子　ううん、別に──。
優子　何よッ。言いたいことがあるならハッキリ言ってよッ。

誠子　……。
優子　その通りよ。確かに、あたしはこの家の敷居を跨《また》げるようなことは何もしてないわよッ。
勝手気ままに生きてきたわよッ。お母さんのお葬式にも顔も出さなかったわよッ。けど、
だからってここに二度と帰ってきちゃいけないの⁉
誠子　そんなこと――言ってない。
優子　じゃあ何よッ。
誠子　……。
優子　「あなたもずいぶんオバさんになったなあ」って思って。
誠子　ま、あたしも同じだけど。
優子　……。
誠子　戻って、あっちに。まだお茶も飲んでないじゃない。
優子　……。
誠子　急がないから、話して――今までどういう生活してたのか。お願い。
優子　その前に。
誠子　何？
優子　あれ。

と近くの紙倉庫を示す。

誠子　紙倉庫？
優子　まだちゃんと残ってるんだ、あれ。ちょっと見てきてもいい？

誠子　優ちゃん――。
優子　話すわよ、ちゃんと。けど、その前にいいじゃない。久し振りに帰ってきたんだから。少しは幼い頃の感傷に浸らせてよ。

紙倉庫前。
日の光が増し、蝉の声、大きくなる。
優子、倉庫の引き戸を開けようとする。

優子　だめだ、開かないッ。
誠子　わざわざ中に入らなくてもいいじゃない。
優子　入らなくちゃ感傷に浸れないもん。（開けようとして）……錆《さ》びてるのかな、これ。
誠子　お母さんの介護で手一杯で、もう何年もほったらかしよ。
優子　あ、動いたッ。……ちょっとボケッとしてないで手伝ってよッ。
誠子　もう、相変わらずなんだから。

としぶしぶ優子を手伝う誠子。
ギギギギと音を立てて開く引き戸。
倉庫内へ入る二人。
光が弱くなり、蝉の声が遠ざかる。

優子　わあ。なんかカビ臭いッ。

誠子　自分で入りたいって言っといて文句言わないッ。
優子　文句じゃないもの。あたし、この匂い結構好きなんだ。

誠子、窓を開けようとする。

優子　……。
誠子　何よ、急に押し黙って。
優子　ちょっと黙ってて。感傷に浸ってる最中だから。
誠子　……。
優子　よくここで遊んだよね、子どもの時。
誠子　そうね。
優子　覚えてる？　雪の日よ。不良品だと思って和紙にいたずらがきして遊んでたら、出荷用のヤツで。
誠子　……。
優子　ハハハハ。覚えてるわ、あの時、雪のなかで怒ったお母さんの顔が真っ赤になってたの。
誠子　それよりちょっと手伝って。窓開けるから、これ、そっちに。

と窓の前を塞いでいた箱を優子に渡す。

優子　ハイハイ。

と受け取るが取り落とし、

優子　あッ――。

箱の中身が散乱する。

誠子　何してるのよ、もう――。

と散乱した中身を拾う誠子。

優子　ごめんごめん。重労働には慣れてないもんで。あ――嫌味に聞こえたら謝るわ。別にそういうつもりで言ったんじゃ――。

誠子、そのなかの一冊の手帳を見ている。

優子　何それ。
誠子　さあ。
優子　帳簿か何か、昔の？
誠子　（手帳を見て）……。
優子　昔の人は几帳面にそんなものにアレしてたんだ。
誠子　……。

優子　さ、感傷はここまで。ちょっと喉乾いた。あっちで麦茶でもちょうだいよ。

誠子　……。

優子　お姉ちゃん。

誠子　帳簿じゃない。

優子　え？

誠子　これ、日記だわ、お母さんの。

優子　日記？

誠子　ええ。

優子　（観客に）わたしたちは、幼い頃よく二人で遊んだその紙倉庫で、発見したのです。若き日の母・千代の日記を。そして、その日記には母ともうずいぶん前に亡くなったわたしたちの父のこと、わたしたちが生まれた当時のことが綿々《めんめん》と綴られていたのです。

誠子と優子は自席に戻る。

2　千代の日記

舞台後方にときが出てくる。

六十代の着物姿の女――誠子と優子の祖母にあたる人物。

ときは「あの世」から人々に語る。


とき　思い起こせば、息子・太一に赤紙が届いた時、当人の太一よりもわたしの方が倒れそうでした。一瞬にして人生が終わったというような衝撃。わたしは息子の可愛さ余り、屋敷の敷地の下に壕《ごう》でも掘らせて、戦争が終わるまでそこに匿《かくま》っておこうかと本気で考えたほどでした。しかし、息子は「母さん、ぼくだけ特別扱いというわけにはいかないよ」と言い残し、笑顔で戦地へ旅立っていきました。配属先は当時、最も激しい戦いが繰り広げられていたと言われるビルマでした。

日にちが経つにつれ、ご近所のおうちには、戦場で死んだ兵隊さんたちの戦死の知らせが届くようになりました。昨日はあのおうち、今日はあのおうち――じゃあ明日はわたしの元にその知らせが届くのではないか――胃の痛くなるような毎日が続きました。そして、ついにこの中原の家にあの忌《い》ま忌ましい知らせがやってきました。

「ビルマにて名誉の戦死――中原太一少尉」

その紙にはそのように書かれていました。通知を受け取ったわたしは、悲しいというような感情より先に、その通知を誰にも見られたくないという気持ちが先走りました。家の玄関先で辺りを見回すと、雀の鳴き声が聞こえる何の変哲もないいつもの午後です。幸いと言うべきか、嫁も使用人たちも和紙作りに忙しく、わたしは母屋《おもや》に一人きり。わたしは咄嗟に屋敷の奥へ走り、奥まった場所にある自室の桐簞笥《きりだんす》のなかにその知らせを押し込みました。

　　と手紙を簞笥に隠すとき。

とき　後に思えば、あの時、そんな知らせを受け取っていなければ——そして、太一の戦死をわたしが家のものに隠そうとしなければ、こんな結末を迎えることにはならなかったと思うと……自分の愚かさを恨まずにはいられません。

　玉音放送が聞こえてくる。
　と優子の母親・千代が出てくる。
　動きやすい着物姿。
　昭和二十年九月——戦争直後である。
　千代は和紙の入った架空の行李《こうり》を運んでいる体。

誠子　（日記を読む）昭和二十年、九月八日。晴れ。昨日、お義母さんから「本当にいい嫁をもらった」とお褒めの言葉をもらう。しかし、それは「もっと精を出して仕事するように」と叱咤激励されたものだと思うようにしなければならない。

優子　（日記を読む）和紙の何たるかを全く知らなかったわたしだが、触れてみれば非常に奥深く、そして興味深い。普通の和紙なら見たことはあるが、金箔《きんぱく》をあしらった上等な和紙など、見ていてうっとりするくらい美しい。

誠子　（日記を読む）和紙は大切に扱えば、何百年経っても綺麗なまま保存することができる。ご近所の方々も息子さんたちが出征する前にたくさん買っていった。戦地に赴く前にせめて息子の手形を取って額縁に入れておきたいとのことだった。

優子　（日記を読む）戦地から戻ってこれないと思ったら少しでも上等な紙に生きた証しを残しておきたいと思うものなのかもしれない。

と列車の走行音。
列車の汽笛がポーッと鋭く鳴る。

誠子・優子　（日記を読む）昭和二十年、九月十日。晴れ――。

と椅子に座った千代が自分の日記を読む。

千代　昭和二十年、九月十日。晴れ。欠かさず書こうと思ったこの日記だが、昨日の記述がないのには訳がある。辛いことがあったわけではない。その逆だ。信じられない！　帰って――帰ってきたのだ！　待ち焦がれたあの人が列車に乗って！　死んだものと思い、この年齢で未亡人になる覚悟もしていた矢先に、あの人が！　わたしたちの新婚生活はわずかに二週間。夫婦の情愛を育てる間もなくあの人は戦場へ旅立って行った。出征先は激戦地ビルマ。生きて帰ってくる方が難しい。おそらく骨ひとつ見つけることさえできないだろうと誰もがあの人の死を信じて疑わなかった。そんな太一さんが帰ってきたのだ！一番喜んだのはお義母さんだろう。手塩にかけて育てた「和紙中原」の大切な跡取り息子が戦地から帰還したのだ。和紙中原の創業は江戸時代に遡る。跡継ぎが戦死したとなれば、これはお家存続を揺るがす大問題。養子をもらう案も親戚筋からは出ていたようだが、お義母さんは猛反対していた。血を分けた息子にこそ家を継がせたいという強い気持ちがあったからだ。「中原の紙問屋が栄えるためにはどんなことでもやる」――お義母さんはよくそう言っていた。仕事の途中で帰還の知らせを受けたわたしは、逸《はや》る気持ちを抑えて太一さんの待つ母屋へ走った。

千代

千代は襖を開けて部屋へ入る。

「太一さん！」――部屋の奥に座ってわたしを待っていた太一さんの顔には包帯が巻かれていた。砲弾が顔をかすめて、顔をひどく傷つけたのだ。声も思うように出ない様子。わたしは絶句して太一さんを見つめた。太一さんはうめくような声を出して言葉もなくわたしを抱き締めた。あの人の腕のなかでわたしは戸惑っていた。正直に言えば恐れおののいてしまったというのが本当のところだった。けれど、きつい抱擁の続くなかで、わたしは自分の気持ちを整理した。「顔が何だと言うのだ。顔が失われたからと言って太一さんのすべてがなくなったわけじゃない」――今はとにかく無事に帰ってきてくれことに感謝しなければ。お義母さんだって、あんなに手放しで喜んでいらっしゃるのだから。

別の場所にときが出てきて語る。

とき　……葛岡《くずおか》、何してるの？　その桐箪笥の整理は頼んでないはずよ。余計なことしないでちょうだい。……何を持ってるの、それ？　……見たのね、その封筒の中身を。ねえ、葛岡、あなたは普段は本当によく中原に尽くしてくれてるわ。だからと言っては何だけど、今度からお給金に少しだけ色をつけてあげようと思ってるの。ね、わかるわね、この意味？さ、早く作業に戻りなさい。……何よ、まだ何か言いたいことでもあるの？　ふふふふ。あなたの言いたいことはわかるわ。こう言いたいんでしょ？「帰ってきた太一さんは本当に太一さんなのか」――ちがうかしら？　……ハハハハ。馬鹿なことを考えるんじゃありません。あれは太一です。……顔？　顔が何？　顔が包帯で隠れてるからって何？　負傷したのよ、お国のために戦って！　激戦地だったのよ、ビルマは！　砲弾にやられたのよ、それで顔を負傷しない方がおかしいじゃない！　あの子は太一よ。母親のわたしが言うんだから間違いありません。これ以上の証《あかし》がある？　ないわよね。ないのに変なことを考えるのはやめなさい。……葛岡は信じてくれるわよね、あたしの言うこと。だってあなたのお父さんもお母さんも、妹さんもみんなこの中原家といっしょにやってきたんだから。ね、そうよね？（と去る）

別の場所の千代が語る。

千代

昭和二十二年、五月十日。曇り。床を離れてようやく書き物をする余裕もできた。読み返してみたら、前の日記から数えて実に二年ぶりの日記である。この二年間のすべてをここに書き記すことはできないが、先月、この中原家に新しい人間が加わった。長女の誠子が誕生したのだ。誠実の誠に子どもの子で誠子と読む。名を授けたのはお義母さんではない、このわたしだ。太一さんとわたしの初めての子ども。生まれたのが男の子ではなくて、お義母さんは深く落胆はしたみたいだが、孫の誕生を喜ばないおばあちゃんはいない。太一さんもとても喜んでくれて、口では喋れないものの、誠子誕生への喜びはしぐさやからだの動きを通してよくわかる。

終戦を迎えて二年。不安な世相を超えて、日本も、そして、中原の家もようやく戦争前と同じようなのどかさを少しずつ取り戻しつつあるように思える。どんな母親も同じことを言うのだろうが、赤ん坊は可愛い。いっしょにいると心がゆっくりと癒される気分。この子は将来、どんな仕事をして、どんな人と一緒に暮らすのだろうか?

昭和二十二年、七月十四日。曇り、夕方から俄雨《にわかあめ》。今朝、もしかしたらと思い立ち、かかりつけのお医者様に見てもらうが、ただの風邪の初期症状だと言われた。お義母さんからの重圧、強し。早く跡継ぎの男の子を産まなければ。太一さんとの絆はこの二年でますます深まっているように思う。負傷の後遺症で口数こそ少ないものの、わたしにも誠子にもとても優しい。この前、まだ結べる髪も揃っていないのに誠子のために髪飾りを買ってきたのにはうれしいやら、呆れるやら。和紙の仕事に関しても、お義母さんの考えをよく理解し、和紙中原の商売は繁盛している。戦地へ行く前、夫とわずかな時間しか一緒にいなかったせいもあるが、前にはよくわからなかった太一さんの魅力をわたしは再発見したような気持ち。面変《おもが》わりする前の太一さんの写真を見る度にかつての太一さんの美しい顔のことを思い、憂鬱な気分になることもないではないが、わたしは顔に嫁いだわけではない。今では面変わりした太一さんのことを深く愛するようになった。

昭和二十二年、八月十六日。晴れ。町に芝居の興行がやって来た。一座の座長が中原の家を訪ね、丁寧に観劇を乞うので見に行くことにした。誠子をお義母さんに任せ、太一さんと久し振りに外出した。わたしはまるで子どもに返った気分で、太一さんの手に引かれた。芝居小屋ではお団子と草餅を買い、食べながら舞台を鑑賞した。芝居は素人のわたしにもわかりやすい内容で、楽しんだ。故郷を失った男が正体を隠したまま別の屋敷に侵入し、だんだんと素姓を暴かれていくという話の筋。主人公が正体不明の男の素姓を明かす場面で、どういうわけか太一さんは繋いでいたわたしの手を強く握った。

昭和二十二年、八月十七日。小雨。太一さんの夕飯の支度をしたはいいが、考え事をしていてうっかり膳を下げるのを忘れてしまった。そんなわたしに太一さんはわずかに唇を動かして言った——「もういい。膳を直してくれ」と。「ハイ?」と聞き返すと、太一さんはいつものように「膳を下げてくれ」というしぐさで自分の意思をわたしに伝えた。太一さんは関東の出身である。「膳を直す」という言い方はしないのではないか?

昭和二十二年、八月十九日。曇り。わたしは今、大きな疑惑にとらわれている。その疑惑とは——書こうか書くまいか迷った末に書いてしまうことにする。書けば、もしかしたら自分の疑惑が単なる杞憂とわかるかもしれないから。「膳を直してくれ」——太一さんはこの前、わたしにそう言った。「直す」は関東の言葉ではない。関西か九州の言葉だ。関西出身の使用人にも確認した。そして、わたしは天啓のようにあの日のことを思い出した。あの日——太一さんがここに戻ってきた二年前のあの日。

千代

犬が吠える声。

犬が吠えたのだ。中原家で飼っている柴犬のハチが、太一さんに向かって。ハチは太一さんが子どもの頃から中原家で飼われていた犬だと使用人に聞いた。

昭和二十二年、八月二十日。快晴。雲一つない青空。こういう日は干した和紙もよく乾く。しかし、そんな天気とは裏腹にわたしの心には暗い雲のような疑惑が広がっていく。

昭和二十二年、八月二十一日。晴れ。今日、わたしが紙倉庫で遭遇した——いや本来は邂《かい》逅《こう》というべき事態をここにどう記したらいいのだろう。こんなことが起こるなどとわたしは想像もしなかった。けれど、それは現実に起こったことだ。帰ってきたのだ、本当の太一さんが！　本当の太一さん！　いつものように紙倉庫のなかで仕上がった和紙に筆で試し書きをしていると、倉庫の裏に人の気配。猫ではないと思った。泥棒か乞食が来たのかと思い、一瞬、脚がすくむ。向こうも向こうでわたしの気配を感じ取り、じっとしている様子。意を決して「どなたですか？」と倉庫の壁の向こうに声をかける。……返事はない。次の瞬間、わたしの直感がからだを弾く。気付けば、わたしは倉庫の裏手へ走り、もの音の正体を確かめていた。竹藪《たけやぶ》の迫る紙倉庫の裏で、呆然とした様子で立ちすくんでいたみすぼらしい身なりのその男——それはまぎれもなくわたしの夫・中原太一だった。

別の場所にときが出てきて語る。

とき

助かったわ、蜂谷《はちや》。千代さんが倉庫にお膳を運んでることを教えてくれて。あれね、蜂谷。わたしにはわかるのよ。……猫よ、猫。きっとうす汚い野良猫に妙な情け心を出して、こっそり猫に餌を与えてるにちがいないわよ。蜂谷もそう思うでしょ？　もし猫が母屋に入ろうとしたらちゃんと追い出してちょうだいね。一度入れちゃうと、「この家は御飯をくれる家だ」って覚えられちゃうから。だいたい猫がうちの紙を注文してくれるわけじゃないしね。ふふふふ。でも、本当に蜂谷がいてくれて助かってるのよ。だって、葛岡はとんだ裏切り者だったでしょう。あなたも知らないわけじゃないと思うから言うけど、だっておかしな話よ。何の権利があって使用人の分際で「あの太一さんは本当に本物の太一さんなのでしょうか」なんて大それたことが言えるのかしら。終戦から二年も経って言うことじゃないじゃない。お給金をもう少し上げてほしかったにちがいないのよ。忌ま忌ましい限りだわ。クビにされて当然なのよ。第一、使用人の分際であんなこと言い出すこと自体——ああ、違うのよ、蜂谷。蜂谷のことはわたし、そんな風に思ったこと一度もないんだから。中原家の味方は蜂谷だけよ。だって蜂谷家の人たちとはもう祖父の代からのお付き合いでしょう？　わたしもその御縁を大切にしたいって思ってるのよ。だから、お願いね、蜂谷。これからも和紙中原をいっしょに盛り立てていってくれるとうれしいわ。（と去る）

別の場所の優子と誠子が千代の日記を読む。

誠子　昭和二十二年、八月二十六日。快晴。

優子　紙倉庫に膳を届けるのが日課となり早五日。

誠子　無論、本当の太一さんに食べていただくための膳である。

優子　声を出すと倉庫の周りを行き来している使用人に気付かれてしまうかもしれないという心配から、わたしの方から筆談を提案。

誠子　太一さんはしばらくの間、この紙倉庫でひっそりと身を隠すことになる。

優子　「中原の紙問屋は順調なのか？」――太一さんは二言目にはそんな問いをわたしに投げた。

誠子　店をしょって立つべき矢先に徴兵され戦地で気にかけることと言えば中原家の家業のことだけだったそうである。

優子　わたしと言えば――。

誠子　わたしと言えば――。

別の場所の千代が日記を読む。

千代　わたしと言えば、二人の太一さんの間で揺れに揺れていた。偽の太一さん――と書いて心が少し痛む。本物の太一さんが現れた以上、誠子の父親であるあの人は偽の太一さんに他ならない。けれど、わたしはあの人と一生添い遂げる覚悟を決めていたのだ。最近ではちょっとしたしぐさで意思疎通することができるし、向こうもわたしのことを大切にしようとしてくれているのが手に取るようにわかった。何より、見ず知らずの紙問屋のために一生懸命に働いてくれているあの人を誰がいったい責められると言うのか。一方で、本物の太一さんとどのように付き合えばいいのか――わたしは動揺を隠せずにいた。だってそうではないか。本物の太一さんより、偽の太一さんといっしょにいる時間の方が何倍も多いのだ。だから、突然、わたしの前に現れた太一さんをどのように受け入れればいいのか、正直なところわたしにはわからなかった。そんなことを思いつつも、本物の太一さんの精悍な顔立ちに心奪われもした。ひどい話かもしれないが、本物の太一さんと偽の太一さんの顔を見比べてしまう時が何度もあった。片や日焼けした精悍《せいかん》な顔、片や醜く歪んだ誰ともわからぬ顔――。わたしの心は真っ二つに引き裂かれる思いだった。

と雷の音が聞こえて雨が降ってくる。

千代

昭和二十二年八月二十七日。夕刻から雷雨。膳を下げに紙倉庫に行くと、本物の太一さんはわたしに手紙らしき封筒を差し出した。「何ですか、これは？」と声を殺して太一さんに問うと、あの人は何も言わずにうなずいて見せた。その時だった。倉庫に人が近付いてくる気配を感じた。と思うや否や、太一さんは倉庫の裏の窓にひらりと飛び付き、雨の降りしきる戸外へと逃げるように走り出た。

千代は立ち上がり、その行方を目で追う。

千代

……。

雷鳴が轟く。

雨の音、大きくなる。
千代は闇に消える。

3　太一の手紙

一九九九年の中原家。
誠子が一枚の紙を出す。

優子　それは？
誠子　日記に挟んであった。
優子　もしかして――。
誠子　そう。太一さんが母さんに残した手紙。
優子　……。

誠子と優子、太一の手紙を読む。

誠子　……「愛する我が妻、千代。突然、現れてさぞ驚いたことであろう。小生、先頃、戦地ビルマから無事帰還。その理由は以下のような経緯《いきさつ》ゆえなり。ビルマにて戦闘の最中に負傷。生死を彷徨《さまよ》う重き傷を負うが、現地の人に助けられ命を取り留める。失うはずの命を拾われたことを心より恥じる。ビルマにて過ごした二年のことは後に記すが、この度、国辱と蔑《さげす》まれることを承知で日本への帰還を決意し、ここ中原家に足を運ぶ。戦いによってからだの一部が持っていかれるようなことがあれば、たとえ生きて帰っても軍神として崇《あが》め奉《たてまつ》られると聞くが、幸いにも、いや、恥ずかしながらと言うべきか、小生はからだのどの部分も失うことはなかった。戦地へ向かう船のなかで、私は一人の男と出会った。わたしと同い年の陸軍兵士。名前を篠原という。私たちは意気投合し、戦地へ到着するまでの間、船のなかで互いのことを熱心に話し合った」

波の音が聞こえる。

誠子 「篠原の生まれは大阪。空襲で家族のすべてを失ったということだった。『かくして我は天涯孤独の身。オレが死んでも誰も悲しむものはいない。だから、思う存分暴れてやる!』——篠原はそう言って笑った。わたしもわたしで家業のこと、お前のことを話した。なぜそんなことをぺらぺらとしゃべったのか、今となっては不思議な気もするが、誰かに自分の生きた証を言い残しておきたいという気持ちがわたしにも、そして、あいつ——篠原にもあったのかもしれない」

虫の鳴き声が聞こえる。

優子 「ビルマに着いてからも篠原とは同じ兵舎で寝泊まりした。激しい戦闘の合間ではあったが、親しい話し相手がいることは何よりも心強い気がした。ある時、わたしは冗談のつもりで篠原に言った。『もしもオレが戦死してお前が生き残ったら、中原家をよろしく頼む』と。あいつは『そんな時が来ないことを祈ってるよ』と笑った。もちろん、最初は冗談のつもりだった。しかし、その冗談はわたしのなかでだんだんと現実味を増していった。何より、あいつは生きて帰ってても家族がもういないのだから。だから、わたしはあいつに中原家の家業のこと、住所、家族構成、母のときのことを詳細に伝えた。そして、最後にこう付け加えた――『中原家の跡継ぎになれば、戦いの終わった後の生活は一生安泰だろう』と」

砲弾の弾ける音が聞こえる。

優子　「そんな矢先だった。篠原が砲弾を食らい顔面を傷付けた。時、同じくしてわたしも敵の銃撃によって戦場に倒れ、動けぬ身になった。ハエの飛び交うテントのなかで、死体といっしょに並べられ、ろくな手当ても受けることもできずわたしは生死の境を彷徨っていた。高熱にうなされ、目の前に浮かぶのは故郷の幻影だけだった。消え入る意識のなかで、わたしは隣のうす汚いベッドとも呼べぬ寝床に横たわる篠原の手を握って言った。『中原家をよろしく頼む。オレが死ねば、血を吐くような苦労をしてあの家を支えてきた母の人生が無駄になる。後生だ』――顔を負傷してもの言えぬ篠原は、言葉の代わりにわたしの手を強く握り返した。わたしの意識はプツンと途絶えた……」

戦場の音が遠ざかり、消える。

誠子　「次にわたしが目覚めた時、わたしを覗き込んでいたのは、現地のビルマ人たちの真ん丸い瞳だった。罹患《りかん》したマラリアのせいで幻覚に襲われ、テントを飛び出したわたしは、どことも知れぬビルマの森のなかで倒れたのだった。運よく現地のビルマ人に発見してもらい、かいがいしく手当てを受けたのだ。このような美しい瞳の持ち主を我々は何ひとつ知ることなく、ただ殺戮の対象として見ていたのかと思うと、今さらながら大日本帝国という巨大な船の行く先に疑念を感じざるをえなかった。篠原とはテントで一緒だった以来、二度と会うことはなかった。現地人に助けてもらったがゆえに、戦局がどうなったの知る機会はまるでなく——いや、本音を言えば、知ろうという気さえわたしから失せていた。日本が勝とうが負けようがそんなことはどうでもよくなっていた。そんな自暴自棄のなせる業《わざ》か、わたしはダラダラと現地に止どまることになった。第一、戦場で勇ましく死ぬこともできずのこのこと日本に帰るのも口惜しかった——いや、帰還した後の人々の目が怖かった。終戦を知ったのはもうずいぶん前だ。帰還するまでの間、わたしはビルマで現地人たちの農作業を手伝いながら暮らした。しかし、遠い異国で暮らしながらも、お前や母、そして和紙中原のことを気にかけぬ日はなかった」

船の汽笛が聞こえる。

優子「そんな時だ、日本へ向かう船に乗る機会が訪れたのは。わたしは世話になった現地のビルマ人たちに丁重に礼を言い、勇気をふり絞ってその船に乗った」

波の音が聞こえる。

優子「母と千代に会える——それだけがわたしの心の支えだった。中原家のことを頼んだ篠原はどうなったのか？　わたしは都合よく篠原はあのテントで死んだと決めつけていた。喉元過ぎれば何とやらで、あいつにした頼みなど、どう考えても実現できるわけがない――そんな風にタカをくくって。わたしの心は中原家の人々のことでいっぱいだった……」

船の汽笛がボーッと鳴る。
波音が大きくなる。
闇に消える誠子と優子。

4　葛藤

波音が遠ざかり、場面は昭和二十二年の世界へ。
別の場所にときが出てきて語る。

とき　ほんと助かったわ、蜂谷、大事なこと知らせてくれて。念のためにもう一度聞くけど、本当に見たのね、太一を、紙倉庫で。……わかったわ。あなたがそう言うなら間違いないでしょう。いい、今度そういうことがあったらどんなことしてでも居場所を突き止めて、お願い。そして、誰にも言わずにわたしだけに知らせて。いいわね？　……でもなんで、なんで千代さんはそんな大事なことをわたしに報告しないの？　わたしはあの子の母親なのよッ。……その通りよ。今、母屋にいる包帯の男は太一じゃないわ。けど、それしか手がなかったのよ、和紙中原を守るためには。あなたにだってわかるでしょう？　どうすればいいの、蜂谷？　偽の太一はここに来てもう二年よ、二年！　今じゃ従業員だって誰一人としてあの人を本物の太一だと思って疑わないわ。なのに、今になってそんな……。こんなのかわいそうすぎるじゃない。あんまりよ。あの子は昔から優しい子だったのよ。そんな子が死ぬ思いで戦地で戦って、ようやく帰ってきたら自分じゃない誰かが中原の跡継ぎの椅子に座ってる姿を見たらどれだけ悲しむと思うの⁉　……いえ、わかってるわよ。理不尽なことを言ってるのはわたしの方よ。二年前、本当の息子じゃないってわかっていながらあの男を甘んじて受け入れたのはこのわたしよ。包帯で顔が隠れてることを、声帯がつぶれて声が出ないことをこれ幸いと利用したわよ。跡継ぎがいる――ただこれだけの事実を手に入れるために息子じゃない男を長男の椅子に座らせたわよ。疑いの目を向けてくる使用人がいたら容赦なくやめてもらってきたわよ。けど、もう駄目。本物のあの子がせっかく帰ってきてくれたのに、何もできないのよ！　どうすればいいの、蜂谷。わたし、どうすれば……。（と去る）

千代

別の場所の千代が日記を読む。

昭和二十二年八月二十八日。晴れ。太一さんの書いた手紙を読みすべて事情が飲み込める。紙倉庫は使用人の監視があるような気がして、太一さんに連れられて人目につかぬ裏山へ。太一さんはその山小屋で寝泊まりしていた。わたしは太一さんを説得した。「とにかく隠れて暮らすのを止めてお義母さんにすべてを話そう」と。けれど太一さんはそれをかたくなに拒む――「今さら自分が本物の太一だと名乗り出ても混乱を大きくするだけだ」「もしもこの事実が人々の知るところになれば、中原の家業の信用は地に落ちる」……。そんな太一さんの気持ちを察すると、わたしは口を噤《つぐ》むことになる。

今日の太一さんは具合が悪そう。ビルマでマラリアにやられたせいだという。マラリア――聞けば聞くほど恐ろしい病気である。日のあるうちは影を潜めているが、夜になるとたんに症状が現れる。何より苦しいのは高熱よりも幻覚だという。ビルマでマラリアに罹《かか》った戦友の話。喉の乾きを訴えた戦友が湖の幻覚を見てそこへ飛び込んだ。しかし、そこは湖ではなく崖だったそうだ。――背筋が震えた。

昭和二十二年八月二十九日。快晴。紙倉庫を離れて山小屋で太一さんに会う。太一さんは疲労の色が濃いように感じる。けれど、それを気取られまいとするように太一さんは笑顔で言った。「あいつのために生きるのもまたお前の幸せにつながるかもしれない」と。わたしはカッとなって太一さんの頰を思い切り叩いた。わたしは、たぶん太一さんが何もかもを投げ出してわたしのことを篠原から奪い返してくれることを望んでいたのだ。わたしは、わけのわからない情熱に駆られて太一さんの胸に自分の乳房を押し付けた。太一さんはわたしを引き寄せた……。

別の場所にときが出てきて語る。

とき

で、どうなの、蜂谷？　その後の様子は？　……そう。なら仕方ないわ。けど、とにかくみんなが怪しまないように行動してね。実はね、わたし、本当のことを話したの。……誰にって母屋にいる包帯の太一によ。確かに迷ったわ、本物の太一が現れたことをあの人に告げるのは。だってそうじゃない？　あの人が物凄い悪党なら本物の太一を亡き者にしようとすることだってあるかもしれないじゃない。偽者とは言え、あの人は今や押しも押されもせぬ中原の跡継ぎとしてここにいるんだから。ここにさえいれば将来の心配はしなくて済むんだから。……篠原っていうのよ、あの男は。全部話してくれたわ、戦場で何があったかを。あの人は太一に頼まれたのよ、「もしもオレが死ぬようなことになったら、中原の家をよろしく頼む」って。だから、あの人はここに来たのよ。もちろん、いい加減な嘘をついて自分を守ろうとしてるかもしれないとも思ったわ。けど、そうは思えないのよ、わたしには。蜂谷、あなたはどう思う、あの人――篠原のことを？　悪いヤツだと思う？　……そうなのよ。わたしも長いことこの家を切り盛りしてきたから人を見る目はなくはない。そんなわたしの目から見ても、あの篠原って人は悪い人間じゃないのよ。見てればわかるわよね、あの人の仕事ぶり、千代さんや誠子への接し方。あんなによくやってくれる人、いないいんじゃない？　そう、篠原はすばらしいのよ。わたしなんかよりよっぽど中原家のことを考えてくれてる。使用人も今となっちゃみんなあの人の仕事ぶりを信頼して慕ってるわ。あんなに一生懸命にやってくれている篠原をあなた追い出せる？　「本物の息子が帰ってきたからもう結構です。ご苦労様でした」って言える？　……できないわよ、そんなこと。ハハハハ。まったく皮肉よね。いっそ、あの人がもっとどうたらの悪党だったらよかったのに。それならそれなりの金子《きんす》を握らせてここから出てってもらうことをためらわずに済んだのに。ああ、どうしてあんないい人に太一は中原のこと頼んでしまったのよ！（と去る）

千代

別の場所の千代が日記を読む。

昭和二十二年八月三十日。雨。本日、寝床で太一さん――いや、篠原よりふいに問われる。「帰還した中原と会っているというのは本当か」と。わたしは堤防の水が溢れ出るようにすべてを篠原に話した。そして、その事実を隠していた自分の非を詫びた。すると篠原は怒った様子もなく「詫びなければならないのはこっちの方だ」と言い、わたしの前で土下座した。わたしは一瞬にして理解した。この男は、この偽の太一さんはわたしの非を責める前に詫びたのだ。中原太一だと偽り、わたしの夫として生きたこの二年の月日に。その

誠子

幸福な日々に。そして、篠原はこう言ったのだ――「ありがとう」と。……

「どうするおつもりですか」とわたしは篠原に問うた。篠原は答えなかったが、わたしは明日以降に篠原が取るであろう行動を予測できた。この男は出てくつもりなのだ、この家を。姿を消すつもりなのだ、わたしの前から――そして、誠子の前から。黙して語らぬ篠原の心中はこういうことではなかったか？

別の場所で誠子が日記（篠原の手紙）を読む。

「かろうじて生き長らえて戦場から帰還したものの、家族もなく天涯孤独で生きていかなればならぬ身の上。わたしには希望などなかった。その上、戦場で傷つき風体はこの有様だ。死んでもいい――そんな風に思っていた。戦後の混乱で賑わう都心の雑踏を行く当てもなく一人で歩いている時、わたしは君との約束をふいに思い出した。『中原家のことをよろしく頼む。後生だ』――瀕死のわたしではあったがその手のぬくもりは記憶している。わたしは君の家を訪ねることにした。そこには和紙の家があった。姿形は似ていてもしょせんは偽者。家に迎え入れてもらえぬならそれでいいと思っていた。しかし、どんな運命の巡り合わせか、わたしは中原太一として家に迎え入れてもらえることになった。わたしはその幸運に自分の運命を賭けた。何より辛かったのは君の妻・千代と寝屋《ねや》を共にする時だった。しかし、君はもうこの世にはいない。君の願いを実現できるのはわたしの他にない――そう思い込んで千代をかき抱いた。誠子という女の子も授かった。こう言うと照れくさいが、わたしの後ろにはいつも君がいた。わたしは死んだ中原太一の幸福を実現するために生きようと思ったのだ。なぜそんな風に思えたのか――自分でもよくわからない。

けれど、たぶんビルマの戦場で生死をともにして生きた君とのあの時間は、わたしにとって生涯、忘れることができない時間だったのだ。二年の月日が流れた。仕事にもすっかり慣れ、千代との夫婦生活も板についてきた。誠子もわたしによくなついてくれている。――そんな時、君が現れた」

優子

優子が千代の日記（篠原の手紙）を読む。

「この二年の間にわたしは深く千代を愛するようになった。醜い風貌のこんなわたしを千代は分け隔てなく愛してくれた。父親になって初めてわかったこともある。次の世代を担う子どもが身近にいることが、生活をする上でこんなに張り合いになるものなのか、と。この神のいたずらのような出来事を前に途方にも暮れるが、わたしたちのことは、そもそもが神のいたずらのように始まったことである。本物の中原太一が生きている以上、わたしがここにいる理由はない。君には君の言い分があるかもしれないが、わたしはただこの二年間の幸福に感謝して、この家を去ろうと思う。戦場で君はわたしにこう言ったよな――『中原家のことをよろしく頼む。後生だ』と。偽のわたしが言うのも心苦しいが、今度はわたしが君に言いたい。『中原家のことをよろしく頼む。後生だ』と。君との再会も望まなくはないが、今の立場を考えるとそうもいくまい。わたしは静かに消える。後は君に任せる。元気でやってくれ。最後にこんな時間をわたしに与えてくれたことに、心より感謝する」

別の場所の千代が日記を読む。

千代　昭和二十二年九月四日。曇り。何度か仕事の合間を盗んで太一さんのいる山小屋を訪ねるが、もぬけの空。せっかく紙倉庫で美味しいと言ってくれた里芋を持参したのに……。篠原は夕べ、お義母さんに今までの礼を言い、明日、この家を出て行く旨を伝えたという。わたしは何もできずにただ最後の仕事を黙々とこなす篠原の後ろ姿を見守るしかなかった。

鋭い汽笛が鳴り、列車の走る轟音が聞こえる。
ドスンという気味悪い音。

人々　！

列車が遠くに走り去る。

千代　昭和二十二年九月五日。——何をどう書けばいいのかわからない。

誠子　昭和二十二年九月十日。——何をどう書けばいいのかわからない。

優子　昭和二十二年九月十八日。——何をどう書けば……。

笹が風に揺れる音が聞こえる。

千代　昭和二十二年十月四日。晴れ。一ヶ月ぶりにやっと筆を取る気になった。悲しみを整理するには時間がかかる。そう、本物の太一さんは一ヶ月前、列車に轢かれてこの世を去った。誰もがその見るも無残な亡骸《なきがら》を太一さんだとは思わなかったが、わたしにはそれが太一さんだとわかる。それが自殺なのか、そうでないのかはわたしにはわからない。それを見た人の話によると、太一さんは列車に飛び込む時、大声で「伏せーッ！」と叫んだらしい。勝手な想像だが、あの夜、山小屋でマラリアの熱に浮かされた太一さんは幻覚を見たのではないだろうか？　異常な熱さに耐え切れず、我を失い山小屋を飛び出した太一さんは、遠くに列車の音を聞いた。ゴーッという列車の車輪の音が戦場で聞いた敵の爆撃音に聞こえたとしたら……。いや、そうではないのかもしれない。あの日、わたしが和紙を庭で干していると一人の男が垣根の向こうにいるのが見えた。顔を手ぬぐいで隠していたからそれが太一さんだとは言い切れない。けれど、わたしは見たのだ。その男がじっと見入っている視線の先を。そこにあったのは、篠原の姿だった。篠原は柴犬のハチの頭をなでて戯れていた。ハチにお別れを言っていたのかもしれない。あの男がもしも太一さんだとしたら、太一さんは見たのだ——篠原がここへやって来た時、カタキにでもあったように吠えたあのハチが、今ではすっかりなついているその穏やかな姿を。

誠子　昭和二十二年十月六日。晴れ。心の奥で膨れ上がるその悲しみを想像するだけでも胸が張り裂けそうになるが、お義母さんは涙ひとつ見せない。

優子　昭和二十二年十月二十日。曇り。中原家を出て行こうとしていた篠原——いや、今や本当の太一さんは今もわたしの夫としてここにいる。

千代　昭和二十二年十二月二十五日。ここのところ空を見ていない。今日、あることが判明した。わしのお腹には本物の太一さんの形見である新しい命が宿っていることを。

と赤ん坊の泣き声が聞こえる。
別の場所に出てくるとき。

とき　はあ、もうおばあちゃん、ちょっと走っただけでこんなに息が上がっちゃった。……ふう。助かったわ、花島。優ちゃんの面倒見てくれて。できればわたしが一日中ずっと世話してやりたいんだけど、なかなかこの歳になるときつくて。今日はどうだった？　この子あまり泣かないから世話も楽なんじゃないかしら。今日は何して遊んでたの？　ええッ数字を覚えたの!?　優ちゃん凄いじゃない！　だってまだ三歳になったばかりでしょ？　もしかして優ちゃんは天才なんじゃないかしらね。花島もそう思うでしょ？　だって、まだ誠子お姉ちゃんは数字だって覚えてないのよ。平仮名だって誠子の「せ」の字も書けないんだから。今度は「かみどんや」って書けるようになったら、おばあちゃん嬉しいわ。さ、あっちで練習してきなさい。本当にいい子。……花島、そんな目で見ないでちょうだい。何よ、「贔屓《ひいき》が過ぎるんじゃないか」とでも言いたいの？　いいのよ、これで。優子はあたしの本当の孫なんだから。もちろん、誠子もあたしの孫よ。けど、やっぱり可愛さが違うのよ、誠子と優子じゃ。なぜってわかるでしょ、あなたももうここに来て長いんだから。これからも末永く中原家を助けてね。……蜂谷？　蜂谷はダメよ、全然。ま、やめてもらうことはしなかったけど、まったく役に立たないもの、蜂谷は。ま、付き合いがあるからつまらない仕事して置いてあげてるけど。あなたも蜂谷みたいにならないように頑張ってね。ふふふふ。（と去る）

5　和紙の家

昭和二十六年以降の中原家。
千代が自分の日記を読む。

千代　昭和二十六年五月二十七日。晴れ。今日、使用人に言われて初めて気付く。わたしもいつの間にかお義母さんの口癖が移っていたようだ。「助かったわ、花島」「花島もそう思うでしょ」――こんな風にことあるごとに言ってるらしい。使用人の中には「奥様は年々逞しくなられますね」と褒めてくれる人もいるが、実際のところそうではない。わたしはただただ覚悟を決めただけだ。四年前のあの日、太一さんが列車に轢かれて亡くなった日。あの日以来、ご近所のみなさんはわたしの様子から死んだのは本物の太一さんだとわかったはず。にもかかわらず、中原家にゆかりのある人たちは篠原のことを太一さんと呼んでくれた。騒いだら太一さんの死が無駄になる――誰もがそのように思ってくれたのだ。そんな人たちの気遣いをわたしが無駄にするわけにはいかない。だからわたしはあの人が唯一残してくれた優子をちゃんと育てると心に決めた。誠子と優子――父親の違う二人を分け隔てなく育てること――それがわたしの覚悟だ。「分け隔てなく、愛する我が子ら、平等に。種は違えど、それに罪なし」――心が揺らぎそうになる時、私は和紙にこう書くことにしている。

別の場所にときが出てきて語る。

とき　花島、わたしね、決めたことがあるのよ。……わたしね。中原の紙問屋を優ちゃんに継がせようと思ってるの。ええ、もちろん何十年も先の話よ。もちろん、篠原と千代さんに男の子が産まれる可能性もあるにはあるけど、これからは女がどんどん前に出て行く時代よ。だって優ちゃんは大切な大切な太一の娘なんだから。（架空の優子に）……ほら、優ちゃん。これおばあちゃんの着物。これ全部優ちゃんにあげるわ。誠子お姉ちゃんに渡しちゃだめよ。この家のものは全部、優ちゃんのものなんだから。優ちゃんが将来なーんにも困らないようにおばあちゃん頑張るからね。だから、中原の紙問屋を優ちゃんよろしくね。（と去る）

千代が自分の日記を読む。

千代　昭和三十年十一月九日。見事な秋晴れ。お義母さんの様子がちょっとおかしい。呪文のように「中原の紙問屋は優ちゃんに継がせるわ」――こんな言葉ばかり繰り返している。前から思ってはいたが、お義母さんは優子を甘やかし過ぎている。これでは誠子が余りに不憫《ふびん》。愛しい一人息子の太一さんがこの世にたったひとつ残した形見である優子を溺愛するのはわからなくはないが、度が過ぎているように思う。誠子だけではなく、わたし同様、誠子の父親である篠原もそんなお義母さんの態度に忸怩《じくじ》たる感情を抱いているにちがいない。

誠子

誠子が千代の日記を読む。

昭和三十九年七月九日。曇り。困った。中学生になった優子のわがままで奔放な性格は今に始まったことではないが、最近では誠子に対してのものの言い方がひどすぎる。あの子は完全におばあちゃんを味方につけている。おばあちゃんは優子が何をしても決して怒らない。それどころかあの子が外で問題を起こす度に菓子折りを持って謝りに行っている。

優子

優子が千代の日記を読む。

昭和四十年三月二日。晴れ。困った。優子が突然「この春、高校を卒業したらうちを出る」と言い出した。好きな男と一緒に暮らすためだと口では言っているが、本当はそうではない。おばあちゃんの溺愛から逃げるためだ。わたしは母親としてみなの前では反対の立場を取ったが、気持ちはよーくわかる。最終的に、家を出て行くなら、その時の条件を優子に出すことにする。

千代

千代が自分の日記を読む。

昭和四十年三月九日。雨。高校の卒業証書をもらって家に帰ってきた優子の部屋を訪ねるともぬけの殻。優子は本当に実家を飛び出していってしまった。……ああッ。

別の場所にときが出てきて語る。

とき　安岡、あなた何言ってるの？　……優ちゃんが出て行った？　ハハハハ。変な冗談よしなさい。優ちゃんは太一が生きてた唯一の証なのよ。わたしが産んだ太一の生きた証なのよッ。そんな優ちゃんが、そんな簡単にここを捨てて出てくなんて――。……ほんとなのね。そう、出て行ったの、優ちゃんが、ここを捨てて。……ハハハハ。ハハハハハ。

と笑い出すとき。

とき　安岡、あなたは知らないでしょう、わたしがこの中原の紙問屋のためにどれだけ辛い思いをしてきたかを。太一が死んだ時、お葬式もちゃんとできないまま葬られたあの子のことを思って、人知れずあたしがどれだけ泣いたかをッ。今すぐ抱きしめたい太一がすぐそこにいるのに、抱きしめてあげられない苦しみをッ。実の子を受け入れることができないで、何日も眠れない夜を過ごしたあの辛さをッ。それでも――それでもわたしは赤の他人の篠原を受け入れたわ。なぜって、ここを守りたかったからよッ。この和紙中原を途絶えさせたくなかったからよッ。その揚げ句がこれ？　ハハハハ。……ごめんなさい、安岡。あなたにこんなこと言っても何にもならないわね。……そう、きっとそう。すべての原因はわたしにあるのね。けど、これだけは信じて。あたしは必死だったのよ、必死に自分の正しいと思った道を選んだのよ。……安岡、最後の最後に人の手元には何が残るのかしらねえ。店？　名誉？　名声？　評判？　財産？　……けど、わたしの手元に残ったのは――後悔だけね。あの日、太一が死んだっていう知らせをみんなに隠して嘘さえつかなければ……。

悔やんでも悔やみきれないけど、まさに自業自得ってことかしらねえ。ふふ。(と去る)

自分の日記を読む千代。

千代　昭和四十一年一月十八日。朝から大雪。長年、中原のために働いてこられたお義母さんが倒れる。運ばれた病院で静かに息を引き取る。

千代の日記を読む誠子。

誠子　昭和五十年六月二日。梅雨入り。篠原――いや「和紙中原」の跡取り息子・中原太一、肺炎により永眠。

千代の日記を読む優子。

優子　昭和五十四年一月一日。快晴。お義母さんのお墓に、長女の誠子が「和紙中原」を継いだことを報告。

中原家の墓の前の千代。

千代　お義母さん、時代の流れとともに和紙の需要もだんだんなくなっていきます。お義母さんが生きてたら、「こんな時代が来るなんて」ってきっと嘆いたにちがいありません。でも、今は誠子がわたしの代わりに経営の一線に立って紙問屋を守ろうとしてくれてます。とっても頼もしい。ふふふふ。……優子？　残念ながら連絡は。（と首を横に振る）けど、あの子のこと。きっとどこかで元気にやってますよ。

あの世のときが出てきて、千代に語りかける。

とき　千代さん、報告ありがとう。ふふふふ。こっちに来てから最近やっとわかったわ。人間は何かに執着してしまう生き物なのね——好むと好まざるとに関わらず。中原の紙問屋を守ること——それがわたしにとっての戦争だったのよ。……あ、そうそう。一つだけ誰にも言ってないことがあるの。届いたのよ、太一の戦死の知らせが。篠原がやって来る前よ。わたし、あの子が死んだこと認めたくなくて、その知らせを咄嗟に隠したの。だから篠原が来た時、誰よりも早くあの人を受け入れることができたの。なぜって——認めたくないと思いながらも、やっぱり太一は死んだと思ってたから……。これも誰にも言ってないけど、篠原はわたしにすべてを話してくれてたのよ。自分が偽者だということも。戦場で太一から家のことを託されたことも。あなたにも、篠原にも、きっと誠子や優子にもたくさん嫌な思いをさせたわね。こっちへ来てからじゃ遅いけど、ごめんなさいね。（と頭を下げ）それともう一つ。きちんと伝えられないままこっちへ来ちゃったから、あなたの口からみんなに伝えてほしいわ。これまで中原に尽くしてくれたすべての皆様。わたしの力など大したことはありませんでしたが、粉骨砕身、できる限りのことをしてきたつもりです。ここにこうして和紙中原が今も存在しているのは、ひとえに皆様方のお力添えのおかげだと思っています。今まで中原を支えてくださったすべての方に、心より感謝申し上げます。

……ありがとう。

と丁寧に頭を下げるとき。
それを見ている千代。
ときは、その場を去る。

6　姉妹②

蝉の鳴き声が聞こえてくる。
一九九九年の夏――。
中原家の紙倉庫。
しばらく無言の誠子と優子。

誠子　……。
優子　何よ、その顔?
誠子　ううん。(と首を横に振る)
優子　お父さんはお父さんじゃなかったのね。
誠子　うん。
優子　……。
誠子　ハハハハ。だからか。
優子　何よ、だからかって――。
誠子　だからおばあちゃんは優ちゃんばっかり可愛がって、あたしには冷たかったんだ。
優子　……。
誠子　こういうことだったわけね。よーくわかったわ。

優子　ショック？
誠子　ショックよ。当たり前じゃない。そうと知ってれば、あたし、こんなに頑張って、この店やってかなかったもん。
優子　お姉ちゃん――。
誠子　だってそうじゃない。篠原だか何だか知らないけど、あたしの父は中原家とは何の関係もない男だったってことでしょ？　だとしたら、なんで――なんでほしいもの全部捨てて、あたしはここを守ってきたのよッ。なんで、なんであんたの代わりをあたしがやらなきゃいけなかったのよッ。
優子　……。

蟬の声――。

誠子　ごめん。また言い過ぎた。
優子　そんなことない。謝らなきゃいけないのはあたしよ。お姉ちゃん、ごめんね。
誠子　何よ、急に。
優子　いや――そんなことも知らずに自分勝手なことばっかりして。
誠子　……。
優子　けど、あたし、おばあちゃんがあたしにあんなに期待なんかしなきゃここから出てかなかったわよ、きっと。

蟬の声――。

誠子　けどよかったわ、これ、読めて。

と千代の日記を掲げる。

優子　……うん。
誠子　お母さんも大変だったのね。おばあちゃんも、あたしのお父さんも。そして、優ちゃんのお父さんも。
優子　(うなずく)
誠子　どっちにせよ、たとえ真実がどうであれ、あたしの人生はもう変えられないんだから。
優子　……。
誠子　もちろん、あなたもよ。
優子　そうね。
誠子　あたしね、迷ってたの、このまま紙問屋、続けるかどうか。
優子　……へえ。
誠子　けど、決心ができた。
優子　……。
誠子　続けるわ、あたし。こうなったら死んでもここを守り続けてやるッ。
優子　……そう。ハハハハ。
誠子　よかった、優ちゃんといっしょにこの日記、読めて。
優子　そう?

誠子　一人で読んでたらヤケ起こしてたもん、きっと。（と笑顔で言う）
優子　ハハハハ。
誠子　恨む？
優子　何を。
誠子　お母さんがあたしたちを騙してたこと。
優子　ううん、そんなことない。むしろ——感謝してる。
誠子　あたしも。ハハハハ。
誠子　よかった、同じ気持ちで。
優子　だって——。
誠子　だって何よ。
優子　姉妹《きょうだい》だもん。
誠子　……。
優子　お母さんも書いてたじゃない、日記に。
誠子　？
優子　「分け隔てなく、愛する我が子ら、平等に。種は違えど、それに罪なし」って。
誠子　そうね。

二人、見つめ合う。

優子　あーッ喉乾いたッ。お茶ちょうだいよ。
誠子　ハイハイ。

優子　何か甘いもんもある？　あたし、お腹も減ってんだけど。

誠子　自分で作るならどうぞ。材料はいっぱいあるわよ。

優子　えーッ。何か出前でも取ろうよ。久し振りなんだし。お寿司とか。

誠子　いいの？　キャーうれしい。ご馳走様ッ。高いの頼もうね。

優子　あたしが出すの⁉

誠子　当たり前じゃない。今まで音沙汰なしで物凄く心配かけたんだからそのくらい安いもんでしょッ。

優子　そりゃそうかもしれないけどさ。

とその場を去る二人。

とそんな二人を見ていた千代が語る。

千代　……優子。もしもお姉ちゃんに何かあった時は助けてあげて。それがこの家を出ていくための条件。そして、お母さんから最初で最後の頼み事。これだけ約束してくれたら、もうあなたの自由に生きてくれてもかまわないわ。誠子はまっすぐ生きてる子だから。だから、優子、お願いね。おばあちゃんに知られないうちに早く荷造りしなさい。優子、信じてるからね。お姉ちゃんが助けを必要とするのは今じゃないわ。けど、将来、そういう時がきっと来る。頼んだわよ。

とそこにときがやって来る。

とき　仲良くやってくれるのかしらねえ。
千代　大丈夫ですよ。そうなるように二人の名前に願いを込めたんですから。
とき　二人の名前に？
千代　誠実に生きていくであろう姉を、優しい妹がきちんと支えてくれますようにって。
とき　……。
千代　誠実に生きている人には優しい人が必要なんです。
とき　……そうね。（とほほ笑む）

誠子と優子が出てくる。

四人は所定の位置に立つ。

誠子　わたしの家は和紙を作り、販売することを生業《なりわい》としている。

優子　和紙と一言で言ってもその用途はさまざまで、ふすま用、障子用、習字用、便箋《びんせん》用、葉書、封筒、書画用、水墨画用、帳面用、うちわなどの生活用品、包装紙などの種類がある。

千代　和紙の原材料は、麻、コウゾ、ミツマタ、桑、がんぴ、竹、アサなど山に育つ木々。

とき　それを職人たちがせっせと加工して和紙に作り変える。

誠子　代表的な製造方法は「流し漉《す》き」と呼ばれ、ネリと呼ぶ植物性の粘液を混ぜて和紙は作られる。

優子　和紙作りは基本的に手作業なので、職人の腕が大きく問われる。

千代　次に原料を「紙床《かみどこ》」と呼ばれる板で挟み、圧搾機《あっさくき》で脱水する。

とき　それが終わると「紙床」から和紙を丁寧にはがし、「張り板」に張り付ける。

誠子　「張り板」に張り付けられた和紙は、庭で天日干《てんぴぼ》しする。

優子　じゅうぶんに乾燥させたら「張り板」からはがして、和紙は完成。

千代　葉書用や習字用の和紙は、万年筆や筆で試し書きをしてその書き心地を試す。

とき　もし書き心地が不快ならその旨を紙漉《す》き職人たちに伝えて、作り直すことになる。

誠子　和紙の特徴はいろいろあるが、例えば——見た目の美しさ。
優子　感触の暖さと通気性。
千代　薬品を使わないので環境に優しい。
とき　機械にはなかなか真似できない職人技が生きている。
誠子　けれど、一番すばらしいのは、繊維がきめ細やかなので、丈夫で長持ちするという点であると思う。

三世代の女たちは、ほほ笑み合う。
と女たちの頭上から色とりどりの和紙がヒラヒラと舞い落ちてくる。
それを見上げる女たち。
と暗くなる。

母の法廷

作／高橋いさを

【登場人物】

女１（被告人の母親）
女２（弁護士）
女３（検察官）
女４（裁判員）
判事（声）
若い男（被告人／登場せず）

プロローグ～母の手紙①

舞台前方の右と左にそれぞれ机が二つと椅子が二脚。
右側が弁護人席、左が検察官席に当たる。
その真ん中辺りに椅子が一脚。
この椅子は主に法廷における証言席に当たる。
舞台後方は傍聴席に見立て、椅子をいくつか並べる。
場合によってはそこに観客を座らせてもよい。
舞台は法廷を思わせる作り。
女たち、所定の位置につく。
女たちは被告人の母親の手紙を読む。

女1　武彦、その後、元気ですか？
女2　なかなか面会に行けなくてごめんなさい。
女3　先月から始めた介護の仕事が忙しくて、なかなか時間が作れません。
女4　そちらはどうですか？
女1　ちゃんと眠れてますか？　御飯はちゃんと食べてますか？
女2　この間、持っていった差し入れは手元に届きましたか？

女3　母さんは何とかやってます。
女4　ずっと眠れない日が続きましたが、ようやく慣れてきたのかもしれません。
女1　こんなことになって慣れてきたなんて、叱られそうですけど、何日も涙を流すのにも限界があるみたいです。
女2　こうなってみて悲しむことにも体力がいるってことがよくわかりました。
女3　いいえ、あなたを責めるつもりでこんなことを書いてるんじゃありません。
女4　どんなことをしたとしても、あなたはわたしの子どもです。
女1　あの事件から三ヶ月余り――。
女2　もうすぐ裁判が始まるのですね。
女3　どんな結果が出るにせよ、裁判所の人たちの言葉に耳を傾け――。
女4　自分のしたことをきちんと受け止めてください。
女1　今のあなたにできることはそれしかありません。
女2　心からこういう事態を招いた自分の愚かさを悔やみ、反省なさい。
女3　あなたは罪を犯しました。
女4　それはまごうことない事実です。
女1　けれど、わたしはあなたの母親であることに変わりはありません。
女2　寒い季節になりました。
女3　裁判で会えますね。
女4　風邪などひかぬように。
女1　息子へ。――母より。

手紙を読み終わって女1と女4は去る。
所定の位置につく女2と女3。

1　三人の女

弁護人席の女2。

女2　わたしが弁護士になったのは三年前。わたしは元々はとある企業の秘書をずっとやっていた。結婚して十七年。夫は証券会社のサラリーマンだ。子どもは中学生になる息子が一人。名前は望《のぞむ》という。わたしの姉夫婦が近くに住んでいるので、姉の言葉に甘えて世話してもらっているが、なかなか子どもといっしょに過ごす時間を作れないのが辛いと言えば辛い。この前、わたしが弁護人を務める法廷に夫が子どもを連れて傍聴に来た。覚せい剤取締法違反の裁判。公判が終わった後に感想を聞くと、「すごいかっこよかったッ」と興奮気味に言っていた。また見に来たいらしいが、普段は刑事ではなく民事の裁判ばかり。それにわたしはいつも「かっこいい」わけではない。息子に将来の夢を聞いたら「弁護士」という答え。わたし自身、夢を持って始めた仕事だが、現実を知れば知るほど、現役としては複雑な気持ちである。もうすぐ望の十三才の誕生日。プレゼントは何にしよう？　それはわたしが三十五才の時——今からちょうど六年前のこと。夫が交通事故を起こした。わたしが裁判というものに初めて直接触れたのはその時だった。夫の不注意による人身事故で、車の走行中、自転車に乗っていた老人と接触し、相手に怪我をさせてしまったのだ。裁判が行われ、しかるべき判決が出て、その件は一見落着したが、わたしはそれをきっかけにして弁護士の資格を取ることを決意したのだった。ずいぶん「遅い目覚め」だけれど、以後、猛勉強の末に司法試験に合格し、弁護士資格を取得した。夫もそんなわたしの生き方に賛成してくれて、今はとある弁護士事務所に所属して仕事している。法廷での刑事弁護の経験は豊富とは言えないが、今回、わたしが国選弁護人として受任することになったのは、若い男による元恋人への殺人未遂事件の裁判の弁護だった。

女3

検察官席の女3。

国立大学の法学部を卒業し、司法試験を経て検察官になった。検事として仕事をするようになってもうずいぶん時間が経つ。結婚して二十年。夫もわたしと同じ検察官だ。子どもは二人。高一の息子と小五の娘。名前は息子が正孝《まさたか》、娘がマリという。夫の母が同居しているので、二人の世話は母がやってくれてはいるものの、二人のための時間がなかなか作れないことを申し訳ないと思う。先月、マリの授業参観の約束を前日にドタキャンすることになり、ひどく顰蹙《ひんしゅく》を買った。埋め合わせは東京ディズニーシーということになっているが、その計画も延び延びになっている。昨日も「いつになったらミッキーに会えるの？」と寂しそうな顔で言われ、心が痛んだ。息子は、最近、帰りが遅いことが多いらしく、ちょっと心配している。出来はそんなに悪い子ではないと思うから、馬鹿な真似はしないと思うが、今度、帰宅が遅い理由をちゃんと聞かなければならないと思っている。検事と言うと、男性をイメージする人が多いかもしれないが、現在、日本には四〇〇名余りの女性検事がいる。検事全体の二割にも満たないから決して多いとは言えないけれど、罪を暴き真相を追及するのは何も男の専売特許ではない。今までいくつもの法廷で、被告人たちを追及してきたけれど、昨年、体調を崩して入院生活を送った。幸い病は深刻なものではなく、こうして仕事に復帰はしたけれど、つまるところ被告人を追及することも最終的には体力がものを言う。年齢的にも法廷での攻防にちょっと息切れしてきたのも事実。けれど、わたしの息切れとは関係なく犯罪は次々と起こる。そんな時、わたしは今回の事件の主任検事として、本件の公判を担当した。

と椅子に座る女3。

女4(声) ラッキー、どこ? ほら、おいでこっちこっちッ。

と声がして、女4が出てくる。
お出かけ用の服を着て、特徴的な眼鏡をかけている。
ワンワンと犬の鳴き声がする。
女4、架空の餌を皿に入れ、架空の犬を呼び寄せる。

女4 ほら、食べなさい。いい子ね。よしよし。(と犬の頭を撫で)ママはちょっと出かけてくるから、いい子にしてるのよ。……どう? 今日はおめかししてるでしょ? (と衣裳を示す)……お見合いパーティ? あいにくそうじゃないのよ。裁判所よ、裁判所。けど、心配しないでね。別にママが裁判にかけられるわけじゃないから。……あなたに言っても全然わかんないだろうけど、裁判員制度っていうのがあるのよ、日本の裁判には。裁判にかけられた人が本当に罪を犯したどうか、罪を犯したとするならどういう罰を与えるのか——そういうことを決めるのよ。……あたし一人で？　違うわよ、一人じゃなくてみんなで決めるの。えーと六人の一般市民と三人の裁判官、合計九人で。今まではそんなやり方じゃなかったんだけど、ちょっと前からそういうことになったのよ。ほんと、あたしたちにしてみれば厄介なことよね。だってそうじゃない？　なんであたしたちがそんなことしなきゃいけないのよ。そうでなくても忙しいのにねえ。けど、仕方ないわよね、「それが国民の義務」だって言われればねえ。裁判員には「守秘義務」っていうのがあってね、そこで知ったことを他の誰かに教えちゃいけないのよ。ほら、お医者さんとか弁護士さんなんかが守らなきゃならないアレ。そりゃお医者さんとか弁護士さんが秘密を守らなきゃいけないのはよくわかるわよ。「この人は痔に悩んでます」とか「この女は不倫してます」とか人に知られたら嫌だもんねえ。けど、あたしたちは素人よ。しゃべりたくなるのが人情ってもんじゃない。その上、あたし、おしゃべりじゃない。知ったこと黙ってるなんて絶対にできない。だから、帰ってきたらあなたにみんな話してあげるからね。……いいのよ、ラッキーになら、ワンちゃんなんだから。だから、楽しみに待っててね。じゃ行ってきます。

とその場を去る女４。

女２と女３は立ち上がる。

女２　裁判員裁判の対象となった今回の事件——。

女３　公判は、東京地方裁判所４２６号法廷で平成二十五年の秋に始まった。

カターンと木槌の音が響く。

2　審理

裁判所の法廷。

女2　公判初日。快晴。裁判の行われる426号法廷。傍聴席の数は全部で四十二人。この事件はマスコミでも大きく取り上げられた事件だったから、傍聴席は満席。マスコミの記者たちを含めた老若男女《ろうにゃくなんにょ》――この裁判を一目見ようと集まった人々。そして、被告人の入廷。刑務官二人に付き添われて手錠に腰縄をうたれた被告人がやって来る。被告人を見つめるいくつもの目、目、目。法廷の空気がちょっとキュッとする。被告人は傍聴席を一瞥《いちべつ》することもなく、わたしの近くの被告人席に座る。刑務官は被告人の腰縄を解き、手錠を外す。私語をかわす人はいない。緊張した空気のなか、それぞれの立場の人たちが、それぞれに裁判官と裁判員の登場を待つ。すると「ご起立くださいッ」という廷吏《ていり》の声が法廷に響き、正面奥の扉から裁判官たちが現れる。

ガタンと扉の開く音。

女2　法廷に集まった人々はそれぞれに立ち上がり一礼する。

立ち上がって一礼する女2と女3。

女3　正面の少し高い位置にズラリと並ぶ裁判官と裁判員。合計九名。中央に三人の判事たち――裁判長、その左右にそれぞれ「右陪席裁判官《みぎばいせきさいばんかん》」と「左陪席裁判官《ひだりばいせきさいばんかん》」と呼ばれる黒い法衣をまとった裁判官たち。裁判員は、正面左から若い学生風の男性、主婦らしき四十代の女性、四十代のサラリーマン風、六十代の着物を着た女性、五十代の太った男性――一番右に四十代の眼鏡をかけた女性。

と舞台正面の左を見る女3。

判事（声）　「それでは、審理を始めます。被告人は証言台の前に立ってください」

という判事の声が響く。

女3　まずは裁判官による人定質問《じんていしつもん》。被告人の素姓の確認。法廷の真ん中にある証言台へ進む被告人。髪は長め。白いワイシャツに黒いズボン。

証言席に明かりが当たる。

女2　被告人の名前は佐山武彦《さやまたけひこ》。平成元年生まれ。二十五才。職業は飲食店従業員。本籍は千葉県松戸市。被告人は聞き取りにくい声で質問に答える。裁判は検察官の起訴状朗読から始まる。

検察官席の女3が立ち上がる。

女3　「公訴事実。被告人は平成二十五年八月二十一日午後一時三〇分頃《ころ》、東京都目黒区青葉台一丁目二十一番地所在の被害者・浦辺《うらべ》咲子《さきこ》（当時二十一歳）が居住するレジデンシャル青葉台前の路上において、同女を待ち伏せし、同女に復縁を迫ったがこれを拒絶されたため、あらかじめ用意しておいた刃渡り一〇センチのナイフを使い、殺意をもってその場から逃げようとして同女の頸部《けいぶ》などに切り付け、全治一ヶ月を要する頸部創傷《けいぶそうしょう》・左顔面創傷、及び外因性のショックによる意識昏迷《こんめい》を負わせたものの、同人を殺害するに至らなかったものである。罪名及び罰状。殺人未遂。刑法第二〇三条・刑法第一九九条」

と椅子に座る女3。

女2　刑法二〇三条——殺人未遂罪。殺意をもって相手を殺そうとしたが、相手を殺すことができなかった場合の罪である。殺人罪は「死刑又は無期若《も》しくは五年以上の懲役に処する」とされるが、未遂の場合はその刑を減軽することができる。だから、動機や犯行の態様によって、判決で下される刑はケース・バイ・ケースである。黙秘権の告知の後、罪状認否。「被告人は今、検察官が読み上げた起訴状を聞いていましたね。内容に何か誤りはありますか？」と裁判官が問う。

証言席を見ている女3。

女2　「間違いありません」――被告人がそのように返答すれば、裁判の進行は早い。しかし、逆の場合――つまり、「いいえ。わたしはそんなことはやっていません」という場合が否認である。被告人に否認されると、当然、裁判は長引く傾向があるが、裁判員制度ができてから、裁判の迅速化が義務づけられ、事前に弁護人と検察官は裁判官とともに裁判の争点――つまり、何を争うか、どんな証拠を法廷に提出するかなどを決めておくので、被告人がいきなり勝手なことを言い出さない限り、ここで驚くことはほとんどない。今回の被告人は、次のように返答した。「やったのは事実ですが、計画的だったわけじゃありません」――つまり、今回の裁判は被告人の犯行の計画性の有無が争点となった。裁判官は弁護人の意見を聞く。

立ち上がる女2。

女2　ハイ。被告人と同意見です。殺人未遂の事実は認めますが、犯行に至る経緯については異論があります。本件は計画性に基づいたものではなく衝動的な事件にすぎません。検察官が主張する犯行に及んだ経緯と動機については争います。

と椅子に座る女2。

女2　続いて行われるのが検察官による冒頭陳述。犯行に至った経緯に加えて、被告人の経歴、過去などが明かされる。

検察官席の女3。

女3　被告人の経歴を述べます。被告人は平成元年、千葉県松戸市新松戸二丁目一番地の佐山満と美和の長男として生まれ、平成十八年四月に松戸商業高校を卒業した後は、株式会社「日の丸運送」に就職し、バイク便による運送業務に従事しました。その後、同社を退職。その後は、居酒屋やレストランなどでのアルバイト生活を続けていましたが、どの店も長く勤めることができず、平成二十三年からは、高校時代の友人の紹介で東京都新宿区にあるカラオケ・ボックス「オン・ステージ」において、接客業務並びにウェイターとして働くようになりました。現住所は台東区根岸三丁目五番地にあるアパート根岸ハイツです。

聞いている女2。

女3　犯行に至る経緯について。被告人は平成二十四年の九月頃、インターネットのフェイスブックを通して被害者と知り合いました。何度かのメールのやり取りの後、同年の十一月六日、被告人は被害者と直接会う約束をして、新宿区内のレストランや居酒屋で飲食をともにしました。平成二十四年の十一月半ばから正式に交際する関係となり、被告人と被害者は週に一度くらいの割合でデートするようになります。一時、交際は順調であったものの、平成二十五年四月頃、被害者から「関係を解消したい」と宣告されました。被告人は、一度は「関係を解消したい」という被害者の申し入れを受け入れたものの、被害者に対する執着を断ちがたく、同年の五月頃から電話やメールで繰り返し被害者に連絡を取るようになり、被害者が被告人からの電話やメールに応答しないと見るや、今度は被害者の自宅付近で被害者を待ち伏せして復縁を迫り続けました。しかし、それでも被害者は被告人との復縁に応じようとはしませんでした。このような被害者の態度に激昂した被告人は、同年の七月頃「どうしても復縁が叶わぬなら殺すしかない」と決意し、犯行のあった平成二十五年八月二十一日、午前十一時頃、被害者を殺害する目的で渋谷区恵比寿南一丁目十六番地にある「守屋金物店」で刃渡り十〇センチのナイフを購入しました。

と被告人を見る女3。

女3　犯行状況について。被告人は、「守屋金物店」で凶器のナイフを購入した後、同日正午頃、東京都目黒区青葉台一丁目二十一番地所在の被害者が居住する「レジデンシャル青葉台」近くの公園に到着し、被害者が帰宅するのを待ち伏せていました。同日、午後一時三〇分頃、被害者が自宅マンション前に戻ってきたことを確認するや、被害者に近づき執拗に復縁を迫りました。一言二言やり取りした後、恐怖にかられた被害者が、その場から逃げようとしたため、被告人は「もはや復縁が叶わないことが決定的になった以上、ここで被害者を殺すしかない」と決意し——。

観客に語る女2。

女2　検察官の冒頭陳述によって、犯行の様子、渋谷方面に逃走している途中で目黒警察署の警官に現行犯逮捕されたこと、被害者は一命はとりとめたものの意識不明の状態であることなどが人々に告げられる。

冒頭陳述をする女3。

女3　本件は、被害者から別れを告げられた被告人の身勝手極まる怨恨が基になった犯行であり、凶器となったナイフを事前に購入した上で本件犯行に及んでいる点など、その用意周到な計画性からしても、被告人が強い殺意のもと、本件犯行に及んだことは明白であると考えます。（と椅子に座る）

女2　よろしいでしょうか。（と立ち）公訴事実の認否の際にも述べましたが、弁護側といたしましては、犯行事実そのものを争うつもりはありません。けれど、犯行に至る経緯については検察側の主張と意見を異にします。本件は計画的な殺意に基づいて行われたものではなく、あくまで突発的、偶発的な殺人未遂事件に過ぎません。確かに検察官が指摘する通り、犯行に使われたナイフは、被告人が犯行直前に購入し、持参したものです。しかし、そのナイフとは、刃渡りわずか一〇センチのペティナイフなのです。被告人がこのペティナイフを購入した目的は被害者を殺害するためではありません。被告人はペティナイフ本来の目的、すなわち果物の皮を剝き、これを切り分けるために購入したにすぎません。弁護側は、その事実を証明し、本件犯行は、被告人がたまたまペティナイフを持っていたがゆえに起こった衝動的な事件に過ぎないことを証明いたします。

と椅子に座る女2。

女2　そんなわたしの主張により、今回の裁判の争点は「計画的な犯行なのか、衝動による犯行なのか？」という点に絞られた。

女3　検察側、弁護側の冒頭陳述に続いて行われるのが証拠申請《しんせい》。検察側、弁護側双方がそれぞれの主張について「証拠に基づいて事実を明らかにしていく」という手続きである。検察側、弁護側ともに数々の証拠を申請するが、裁判官が証拠として採用することを認めたものだけが証拠として採用され、公判に提出される。

女2　今回採用された証拠は、犯行に使われたナイフをはじめ、医師の診断書、被告人の供述調書など。そして、被告人の母親を含む何人かの証人。こうして、本件の「証拠調べ」が始まった。

カターンと木鎚の音が響く。

3　母の手紙②

と女1が出てきて中央の椅子に座る。

女1は弁護人へ宛てた手紙を読む。

女1　先生、この度は弁護を引き受けてくださり、本当にありがとうございます。裁判などというものとは縁のない暮らしをしてたきたわたくしとしては、本当に途方に暮れるようなことで、先生のお力がどれだけ心強いか、とても言葉では表せません。初めてお会いした時、先生はこう言ってくれました。「がんばりましょう」と――とても普通の言葉でしたけれど、それがどれほどわたしを勇気づけてくれたことか。息子が事件を起こして以来、わたしの周りの人々は蜘蛛の子を散らすように姿を消しました。ご近所の方々もよそよそしくなり、家には嫌がらせの電話もかかってくるようになりました。相手は誰だかわかりませんけど、「死刑にならなければ自殺しろ！」というようなことを言われると、本当に心が潰れるような気持ちでございます。確かに息子はとんでもないことをしでかしたと思っております。けれど、どんなに悔やんでも時間は元には戻りませんし、息子がしたことがなかったことにはなりません。あの子とそしてわたしは、その現実を受け止めなければならないのです。あの子の弟は、大学受験のために一生懸命勉強をしている最中でした。次男だけは人並みに大学へ行かせてやろうと思っていた矢先のことなので、次男もずいぶん辛い思いをしていることでしょう。しかし、取り乱すこともなく、大学進学は諦めてくれたようです。いっそのこと怒りを爆発させてくれた方が気が楽だったかもしれませんが、いつものように高校へ通う次男の姿を見ると、涙が溢れてしまいます。繰り返しになりますが、本当にありがとうございます。「がんばりましょう」——誰一人として励ますような言葉をかけてくれなかったせいでしょうか、この世に一人でもそう言ってくれる人がいる。わたしたちを励ましてくれる人がいる。その事実がどれだけ大きなことかを噛みしめております。裁判のこと、息子のことをなにとぞよろしくお願いいたします。

女1はその場を去る。

4　経過①

と犬の鳴き声がする。
出てきて犬を抱き上げる女4。

女4　ごめんね、話の途中で。どこまで話したっけ？　……え、何？　被告人の彼？　なかなかのイケメンよ。ラッキーのために写メール撮ってきたかったけど、さすがにそんなことしたら怒られるだろうと思ったからできなかった。でも、あなたの気持ちもわかるわよ。なんだかんだ言っても見た目は大事だもんね。被告人は二十五才なんだけど、出川哲郎と三浦春馬じゃやっぱりこっちの心証もちがうもん。そう、春馬くんみたいな感じの子なの。こんな事件起こさなきゃもっと違う人生があったのにって同情しちゃうわよ、ほんと。……あ、裁判のことね。それから証拠調べが始まったの。まずは犯行に使われたナイフが出てきた。ビニール袋に入ってたけど血がついてた。なんか怖くてすぐに見るのやめちゃったわよ。まあ、普通のペティナイフなんだけど、これで人が刺されたって思うとね。

と架空のナイフを放り出す女4。

女4　で、次が被害者を診断したお医者さんの診断書が読み上げられる。内容はこう。「病名・

「頸部創傷及び左顔面裂傷《けいぶそうしょう》」――めっちゃ難しい言い方だけど、要するに首のこのへん（と触り）を刺されたわけよ。その上、頬のここ（と触り）を切られたってこと。合計二ヶ所ね。診断内容によると、全治一ヶ月程度みたいだけど、検事さんの話じゃ顔の傷は一生消えないし、ショックで意識不明が続いてるのよ。ひどいもんよね。あんな可愛い顔して、悪魔のようなヤツよ、春馬くんは、ほんと。

被害者は二十一才の女優志望の女子大生。写真で見たけどすごく綺麗な子よ、今時の美人。だから容姿的には春馬くんととっても釣り合ってると思う。だから、検事さんも言ってたけど、そりゃ怒るわよ。殺されかけた上に、顔にそんなことされたら。あたしだって女だもの、「許せない！」って思う。あんな可愛い顔して、悪魔のようなヤツよ、春馬くんは、ほんと。

で、被告人を取り調べた検察官の作った「供述調書」っていうの？「わたしはこういう気持ちでこういうことをやりました」っていう被告人の言葉が読み上げられた。それによると、「わたしは咲子さんを殺すことを決意してナイフを買いました」ってことなのよ。裁判が始まる前は殺すつもりでナイフを買ったことを認めてたくせに、裁判が始まったら春馬くんはそれを翻《ひるがえ》したわけ。つまり、「殺すために買ったんじゃなくて、持ってきた果物の皮を剝くために買った」っていう主張なのよ。どう思う、ラッキーは？ちょっと苦しい言い訳に聞こえない？だって果物を持っていたとして、いちいちその皮を剝くためのナイフなんか買う？だから、わたしには春馬くんが凄い大嘘つきに見えてきた。で、最初の証人が出てきた。検察側の証人、事件の目撃者よ。被害者が住んでいたマンションの管理人のおじさん。

と髭をつける女4。
管理人に扮して中央の椅子前に立つ女4。

女4　「宣誓。良心に従って真実を述べ、何事も隠さず、また何事も付け加えないことを誓います」

と宣誓書を読み、椅子に座る女4。

女3　では、検察官からお聞きします。あなたの職業を教えてください。
女4　マンションの管理人です。
女3　あなたが管理人をされているマンションというのは、事件のあった「レジデンシャル青葉台」ですね。
女4　そうです。
女3　レジデンシャル青葉台の管理人になってどのくらいになりますか?
女4　かれこれ八年になります。
女3　事件のあった平成二十五年八月二十一日の午後一時三十分頃、あなたはどこにいましたか?
女4　マンションの玄関前にある花壇にいました。
女3　そこで何をしていたんですか?
女4　花に水をやってました、暑い日だったんで。
女3　そこで何を見ましたか?

女4　ふとマンションの入り口の辺りを見ると、若い男と女が話してるのが見えました。
女3　普通にですか？
女4　ハイ。普通に立ち話してました。
女3　その後、立ち話をしていた若い男と女はどうなりましたか？
女4　再び花に水をやっていると、女の人の悲鳴が聞こえたんで、そっちを見るとその二人が揉み合ってるのが見えました。
女3　揉み合った二人はどうなりましたか？
女4　女の人がすごく抵抗して男を振り払って倒れました。
女3　倒れたのは女の人ですか？
女4　ハイ。それで、倒れた女の人に男が飛び掛かって後ろからはがいじめにして。後はよくわからないんですけど、女の人が首を押さえて倒れました。首から血が出てました。
女3　男はナイフを持っていましたか？
女4　揉み合ってる時はよくわからなかったけど、倒れた女の人の横に男が立ってて、その時、男がナイフを持ってるのが見えました。
女3　男はずっと女の人の横に立っていたんですか？
女4　通行人が「何だ何だッ」って感じで集まってきて、男はそれを見て走ってその場から逃げて行きました。
女3　あなたはどうしましたか？
女4　携帯電話で一一〇番を。
女3　通報したんですね。
女4　ハイ。

女3　倒れた女の人は知っている人ですか？
女4　その時はわからなかったけど、後で九〇五号室に入居してた浦辺さんとわかりました。
女3　彼女はどのくらい住んでるんですか？
女4　入居してだいたい一年です。
女3　被害者とお付き合いはあるんですか？
女4　ちょっとは。この前も「いつもご苦労様」って高価な日本酒を差し入れてくれたりして。
女3　あなたの目から見て、被害者はどんな娘さんでしたか？
女4　明るいし綺麗だし、将来は女優になりたいって夢を持ってるいい子だった、と。
女3　そんな浦辺さんをナイフで刺した男はこの法廷にいますか？
女4　います。そこに座ってる人です。

と被告人の席を指差す女4。

女3　以上です。
女4　（犬に）これが「証人尋問」っていうやつ。事件の真相を明らかにするために行われる事件に関するさまざまな人の証言よ。今のが検察官の主尋問。続いて行われるのが弁護人の反対尋問。

立ち上がる女2。

女2　弁護人からお聞きします。あなたは今回の事件が起こる前から被告人と面識がありましたか？

女4　話したことはないですけど、以前に見掛けたことがあります。

女2　どこでですか。

女4　マンションのエントランスのところに、二人でいるところを。

女2　「二人」というのは被害者といっしょにいた、ということ？

女4　ハイ。

女2　いつ頃ですか。

女4　去年のクリスマスです。パーティーの帰りか何かでこんな（と三角棒の形を手で作り）帽子かぶって。

女2　高さ三十センチくらいの三角帽？

女4　そうです。

女2　その時の二人の様子はどうでしたか？

女4　とても仲良さそうに見えました。

女2　具体的にどんな風にですか？

女4　はあ。ちょっと言いにくいんですけど。

女2　何ですか。

女4　こう――チュウを……つまり、接吻をしていたと言うか。

女2　なるほど。つまり、被告人は被害者とキスをしていたので、二人が相当に親しいように見えたということですね？

女4　ハイ。

女2　被告人は被害者の部屋に何度も来てましたか？

女4　直接は見てませんけど、たぶんそうだと思います。

女2　別の質問を。犯行を目撃した時、あなたは被告人が持っていたものが何だったかを覚えていますか？

女4　と言うと？

女2　被告人は手ぶらでしたか？

女4　さあ、どうだったろう？　覚えてません。

女2　被告人はその時、バッグ――肩からかけるタイプのリュックサックを持っていませんでしたか？

女4　ああ――そうだったように思います。

女2　二人が揉み合っている時に、そのバッグから何かが落ちませんでしたか？

女4　何かが落ちた？

女2　どうですか？

女4　……覚えてません。

女2　被告人の主張はこうです。被告人は、その日、前日に実家の母親から送られてきた梨をそのバッグのなかに入れていたのです。復縁を迫ったのは事実ですが、彼女ともう一度これからのことを話し合う時にその梨を食べようと考えたからです。

女3　（立って）異議があります。弁護人は証人が体験してない事実について質問しています。

女4　……。

女2　被告人はそれを食べる時に使うためにナイフを購入したのです。被害者を殺害するためではなく。なぜなら、交際の過程で浦辺さんは自炊するような人ではなく、彼女の部屋のキッチンには梨を剝くための包丁がないことを被告人は知っていたからです。梨を食べる時の刃物が必要かもしれないと思ったからこそ、被告人は事前にペティナイフを購入して持っていったのです。被告人が持っていった梨は一つだそうです。しかし、被告人の所持品のなかに梨はありませんでした。被告人の主張によれば、揉み合った時に犯行現場で落としたということです。どうですか？

女3 異議がありますッ。誤導ですッ。

女4 そうです、梨です。マンション前の路上に梨が転がっていませんでしたか？

女2 ……ありました。

女4 ……梨ですか？

女2 梨があった？

女4 ハイ。事件があった日じゃないですけど。

女2 具体的にはいつですか？

女4 ハッキリとは覚えてませんけど、事件の三日くらい後だったかな。

女2 どこにあったんですか？

女4 花壇の植え込みの辺りに。

女2 犯行があったマンション前の路上からはどのくらいの距離ですか？

女4 えーと五、六メートルですかね。

女2 どんな梨でしたか？

女4 どんなって普通の梨ですよ、腐ってましたけど。

女2 その梨をどうしましたか？

女4 捨てましたよ、すぐに。

女2 事件のあった日から数日後に、マンション前の路上から五、六メートル離れたところにある花壇の植え込み付近に梨が落ちていたということですね？
女4　ハイ。
女2　以上です。

女3は立ち上がる。

女3　検察官からお聞きします。あなたはその腐った梨が被告人が事件の際、持ってきたものと断言できますか？
女4　いいえ。
女3　以上です。

犬のワンワンという鳴き声。
女4、髭を外し、犬に語る。

女4　わかった、今の？　つまり、弁護側の主張は、凶器のナイフは被害者を殺すために持っていったんじゃなくて、一緒に梨を食べようと思って買ったっていう主張なのよ。どう思う、ラッキーは？　確かに一見、春馬くんは恋人を殺すためにナイフを持っていたように見えるわ。けど、もしも、もしもよ。いっしょに梨があったんなら、梨を食べるために持っていったって可能性だってなくはないわよね。実際、梨はそこにあったわけだから。……いやいや、やっぱり不自然よ、それは。梨が仮に春馬くんが持ってきたものだったとしてもよ、おかしくない？　そりゃ梨をそのまま食べるのはアレだからナイフが必要なのはわかるわよ。けど、梨は彼女の部屋で食べるわけでしょ？　だったらわざわざそんなもん買っていかなくても、彼女の部屋にあるナイフを使えばいいわけじゃない？　そうでしょ？　それって――例えば、お土産にワインを持っていく人が気を利かせてワイン・オープナー持ってくってことと同じでしょ？　もの凄く気が利く人じゃなきゃそんなことしないんじゃないかなあ。……弁護士さんは「彼女の部屋にはナイフがないことを被告人は知ってた」って言ってたけどさ。そんなことある？　一人暮らしとは言え、女の子の部屋に包丁の一つもないなんて？　……あ、お風呂が沸いたみたい。ちょっと待っててね。お風呂から出たらまた話してあげるから。

と女４はその場を去る。

5 母の手紙③

女1が出てきて中央の椅子に座る。

女1は被害者の両親に宛てた手紙を読む。


女1 この度は、わたしの息子がこのようなことをしでかしまして、誠に申し訳ございません。加害者の母親であるわたしの言葉など、とても聞く気にはならないと思いますが、それでもお詫びをせずにはいられずこうしてお見舞い申し上げます。どんな事情があったにせよ、息子のしたことは決して許されることではありません。あの子の母親として、心よりお詫び申し上げます。今のわたしの願いは、息子が正しい裁きを受け、罰せられること。そして、そんなこと以上に怪我をされたお嬢様が健康を取り戻し、また元気になってもらうことだけでございます。

すでにご存知のことかもしれませんが、あの子の父親はあの子が十才の時に病気で亡くなっております。それ以来、女手ひとつで、あの子と今高校三年になるあの子の弟を育ててまいりました。父親のぶんもわたしなりに躾《しつけ》をしてきたつもりですが、どこでどう間違ったか、このような事態を招き、まことに何と言っていいか、お詫びの言葉もございません。

わたくしは、ずっと地元の食品工場で働いております。この事件を機に会社を辞め、今は介護の仕事を細々とやらせていただいています。ですから、今後、お嬢様の治療費や賠償の問題など、お金のことにおいてもいろいろご迷惑をかけることもあると思いますが、あの子と母親として、誠心誠意、ご要望に応えられるように最大限、努めるつもりでございます。
ご両親様はもちろんご家族のみなさんもさぞお嘆きであろうことを想像すると、何度お詫びを繰り返しても足りません。あの子を殺してやりたいと思っているのは、同じ親として痛いくらいにわかります。一刻も早いお嬢様の回復を祈り、筆を置かせていただきます。繰り返しになりますが、この度のこと、心よりお詫び申し上げます。

女1は、その場を去る。

6　経過②

カターンと木槌の音が響く。
検察官席の女3。

女3　公判二日目。曇り。昨日と同じ426号法廷。傍聴席は満席。被告人を挟んでわたしと弁護人。そして、合計九名の裁判官と裁判員たち。今日は何人かの証人尋問に加えて、被告人の母親が情状証人として出廷する。そして、最後に被告人質問という予定。「ご起立くださいッ」という廷吏の声が法廷に響き、正面奥の扉から裁判官たちが現れる。

ガタンと扉の開く音。
女2、女3は立ち上がり一礼する。
と犬の鳴き声がする。
出てきて犬を抱き上げる女4。

女4　ハイハイ、ママはここにいますよ。何よ、そんなはしゃいで。……え、聞きたいの、今日の裁判のこと？　気になるんだ、ラッキーも？　わかったわかった。今話すから、ここにちゃんとお座りして聞いて。今日はね、この前の証拠調べの続き。証人尋問よ。まず呼ばれたのは、検察側の証人として被告人がナイフを購入した金物店の若い店員の男の子。茶髪のこんな（逆毛）髪型の。「法廷に来るんだから少しは髪型を考えろ！」って注意してやりたかったけど止めたわ。茶髪は、犯行の日の午前中に被告人が間違いなく犯行に使われたナイフを買ったことを証言した。弁護側の反対尋問で「殺すつもりならなぜもっと殺傷能力のあるナイフを買わなかったんでしょう？」って質問に「そんなの知らねえよ！」って逆ギレして裁判長に諫《いさ》められてたわ。次に呼ばれたのは、被害者の親友の若い女の子。同じ大学に通う二十一才の女子大生よ。

と若い女風の衣裳をまとう女4。
そして、証言席に座る。

女3　では、検察官からお聞きします。あなたの職業を教えてください。
女4　東和実践女子大学の四年生です。
女3　被害者の浦辺咲子さんとの関係は？
女4　大学の同級生です。
女3　浦辺さんとのお付き合いはどのくらいになりますか。
女4　大学一年の時からだから四年です。
女3　被告人のことも知っていますか。
女4　知ってます。
女3　なぜ知ってるんですか。
女4　さっちゃん――いえ、咲子さんに紹介してもらったからです。

女3　それは浦辺さんの恋人として？
女4　そうです。
女3　被害者の浦辺さんは、あなたに被告人のことをどう言ってましたか？
女4　「嘘つきだ」と言ってました。
女3　それはどういう意味ですか。
女4　会った時は、いいところの大学生だって言ってたのに、本当は違ったって。
女3　被告人は自分のことを大学生と偽っていた、と？
女4　ハイ。
女3　他には？
女4　「別れ話したけど、別れてくれない」って。「会いたい」ってしつこく電話がかかってきてウザいって。
女3　浦辺さんはそれにどう対処していましたか？
女4　携帯の番号やメアドを変えてました、彼からの連絡を受けないように。
女3　他にトラブルはありませんでしたか？
女4　別れ話を切り出した後、咲子がマンションに帰ったらこの人（被告人）が待ってたらしくて、怖くなって部屋には帰らずわたしのところへ逃げて来たことがありました。
女3　一度だけですか。
女4　いいえ、大学に押しかけて来た時もあったので、合計三回です。
女3　被告人の行為はストーカー的なものだったと思いますか。

女2、立つ。

女2　異議があります。証人に意見を求めています。

女4　……。

女3　最後の質問です。浦辺さんの親友として、あなたは被告人に対して、今どんな気持ちを持っていますか？

女4　自分がふられたからってあんなことして。絶対に許せないです。最後に咲子に会った時、「オーディション通って、ちょい役だけど今度、テレビドラマに出る！」って大喜びしてたんですよッ。それなのにこんなことになって――。（と泣く）

女3　……以上です。

と検察官席に座る女3。
立ち上がる女2。

女2　弁護人からいくつかお聞きします。まず、SNS――ソーシャル・ネットワーキング・サービスの使用に関する質問です。被害者はそれを使って被告人と出会ったわけですが、あなたの知る限り、被害者は被告人以外の男性とも会ったりしていましたか？

女3　異議がありますッ。本件とはまったく関係ない質問です。

女2　被告人の行動を知ることは、本件の原因究明には必要不可欠と考えます。

女4　……。

女2　いかがですか？

女4　……よく知りません。何でも話すわけじゃないですから。

女2　では質問を変えましょう。被害者は、あなたに被告人と別れることにした理由を言いましたか？

女4　ハイ。

女2　それは何と？

女4　さっきも言いましたけど、「嘘つきだから」と。

女2　それは、本当はカラオケ・ボックスで働いているフリーターなのに有名な大学の学生だと偽ったから？

女4　そうです。

女2　それは身分が違うって意味でしょうか。

女4　そう言うとアレですけど。

女2　不釣り合いと言えばいいですか？

女4　まあ、そうです。

女2　あなたは被害者の浦辺さんのマンションの部屋へ行ったことはありますか。

女4　あります。

女2　何度くらい？

女4　正確にはわかりませんけど、十回以上は。

女2　浦辺さんの部屋で料理を作って食べたことはありますか。

女4　……。

女2　どうですか。

女4　記憶にないです。

女2　食べ物はどうしてたんですか。

女4　いつも外食するか、だいたいデリバリーで。
女2　じゃあ、浦辺さんの部屋のキッチンを見たことはありますか？
女4　あります。
女2　そこで刃物に類するようなものを見た記憶はありますか？
女4　……ありません。
女2　じゃあ、あなたの知る限り、被害者の部屋には刃物はなかったわけですね？

女3、立ち上がる。

女3　異議があります。誤導です。そもそも刃物があったかなかったかは、第三者である証人には判断できません。
女4　……。
女2　質問を変えます。浦辺さんには、被告人と別れた後、新しい恋人ができませんでしたか？
女4　……。
女2　どうですか？
女4　新しい彼氏ができたって、言ってました。
女2　新しい恋人と浦辺さんは何をきっかけに知り合ったか知ってますか？
女4　フェイスブックです。
女2　被告人と同じようにネットを通して知り合った未知の男性ですね？
女4　ハイ。
女2　最後の質問です。あなたの知る限りのことで構いません。被害者の浦辺さんは果物を好む女4　傾向がありましたか？
女2　まあ。
女4　好きだったと？
女2　女性はだいたい果物が好きじゃないですか。
女4　梨はどうですか？
女2　……好きでした。
女4　ありがとう。終わります。

女2は椅子に座る。
女4は法廷から去る。

女3　長くこの仕事をやっていると、不思議なもので、被告人や被害者当人よりも、彼らの周囲の人々を見る方が事の本質がよく見える場合がある。被告人や被害者が若いと一層強くそう感じる。それはたぶん子どもは親のコピーだからだ。被害者の女子大生の父親は開業医である。母親は専業主婦。検察庁で何度か会ったが、その怒りようは相当なものだった。可愛い一人娘を殺されかけた上に、顔に一生残る傷までつけられたのだから、怒って当然だとは思うものの、その溺愛ぶりにはちょっと閉口した。豪華なマンションで一人暮らしをする娘への多額の仕送りの金額を聞いた時、わたしはちょっとのけぞった。「死刑にしてください！」と泣きながらシャネルのスーツを着た母親はわたしに訴えた。殺害に至っていない今回の事件は到底、死刑を求刑できるような事案ではないと諭《さと》すと、「とにかく最高に重い罰を与えてくれ！」とヒステリックに騒ぎ立てた。検察官の仕事は被害者の心情をすくい上げ、彼らが納得できる公平な判決を裁判所が出すように促すことだと思ってはいるが、こういう両親の姿を垣間見ると、傷を負った女子大生も、さぞかしわがままな生き方をしてきたのだろうと想像する。そして、ふと思う。わたしの娘がこういう目にあったら、わたしはどう行動するだろうか？　また、わたしの息子がこういう事態を引き起こしたら？

女3は椅子に座る。
女4が出てくる。

女4　次に呼ばれたのは弁護側の情状証人——被告人の母親。「情状証人」っていうのはね、被告人に対する刑罰を決める上で、いろいろな事情を汲むために証言する人のこと。（と去る）

女1が出てきて、証言席に座る。

女2　では、弁護人からお聞きします。あなたの職業は？
女1　今は介護の仕事を。
女2　それ以前は？
女1　この事件が起こって辞職するまでは「まるしん配膳サービス」の社員でした。
女2　そこで具体的には何をしていたんですか？
女1　仕出し弁当のラインでお弁当を作っていました。

女2　どのくらいの間？
女1　二十年以上です。
女2　被告人との関係は？
女1　母親です。
女2　いくつか質問しますのでお答えください。
女1　その前に一つよろしいでしょうか。
女2　どうぞ。
女1　まずはこんなことになってしまい、本当に申し訳ありません。どんな事情があったにせよ、とても言い逃れできるようなことではありません。怪我をされたお嬢様、ご両親とご家族に母親として心から――お詫びいたします。

女1、立ち上がり、裁判官たちと傍聴席に頭を下げる。

女2　大丈夫ですか？
女1　……ハイ。
女2　息子さんはどんな子どもでしたか？
女1　小さい頃は素直ないい子でした。
女2　幼少期、青年期を通して問題行動などありませんでしたか？
女1　五年前に一度、暴力事件を起こしました。
女2　どんな事件ですか。
女1　当時、息子が勤めていた運送会社の仕事中に――。

女2　何があったんですか。
女1　息子はバイク便の配達をしている最中にタクシーとぶつかる事故を。
女2　それで？
女1　どちらも怪我をするような事故じゃなかったようですけど、相手のタクシーの運転手さんと口論になって、殴ったらしいです。
女2　相手に怪我をさせてしまった？
女1　ハイ。
女2　その事件はどうなりましたか？
女1　息子と相手の方とで話し合って、和解しました。
女2　記録によると事故の原因はタクシー運転手の方にあったんですよね。
女1　ハイ。
女2　他にそういう暴力が問題になったことは？
女1　わたしが知る限りありません。
女2　被告人がお母さんや弟さんに暴力を振るうというようなことは？
女1　一度もありません。
女2　被告人は必ずしも暴力的な人間ではなかったと言っていいですか？
女1　ハイ。
女2　ご主人はお亡くなりになってるんですよね？
女1　息子が十才の時に。十五年前です。
女2　ご主人の職業は何でしたか。
女1　トラックの運転手でした。

女2　何が原因でお亡くなりに？
女1　アルコール中毒だったんですが、直接の死因は癌でした。
女2　お酒が好きだったわけですね。
女1　ハイ。
女2　お父さんは酒を飲んでお母さんや息子さんに暴力を振るうことはありましたか？
女1　ありました。
女2　弟さんは現在、高校生でしたよね。
女1　ハイ。
女2　何年生ですか。
女1　高校三年です。
女2　大学を受験する予定だったんですよね？
女1　ハイ。けど、今回のことで、それは諦めてもらうことに。
女2　お母さんは弟さんを大学にやりたかったのですか。
女1　この子（と被告人を見て）も行かせてやりたかったんですけど、お金の問題でどうしても。
女2　ご主人が亡くなって以来、お母さんが女手ひとつで二人の兄弟を育ててこられたわけですよね？

女1　ハイ。
女2　お母さんと被告人との関係は良好でしたか？
女1　ハイ。
女2　同居はしていなかったんですよね。
女1　息子は運送会社の仕事を辞めた後は、家を出て一人暮らしをするようになったので、会う女2　機会も減りました。けど、息子も大人です。それが普通だと思ってました。
女1　事件の起こった今年の八月二十一日近辺の質問をします。事件の前々日——つまり、八月十九日にあなたは息子さんに梨を送りましたね？
女2　送りました。
女1　毎年送るんですか？
女2　いいえ、今年だけです。
女1　なぜ梨を？
女2　わたしの仕事場の仲のいいお友達の旦那さんが梨農園をやっていて、その人からご好意でいただいたので。それに——。
女1　それに何ですか？
女2　今年の正月に息子が帰省した時、付き合ってる彼女が「梨が大好物なんだ」って言ってたのを思い出して。
女1　どういう方法で送りましたか？
女2　宅配便です。
女1　いくつ梨を送ったんですか？
女2　全部で十コです。

女2、一枚の用紙を出す。

女1　証言の明確化のために弁護側の証拠番号4「宅配便会社の伝票」を証人に示します。これがその時、あなたが書いた伝票ですね。

と女1に用紙を見せる女2。

女1　……ハイ。
女2　お母さんが見る限り、被告人は几帳面な性格だったと思いますか？
女1　だと思います。
女2　じゃあ、果物を食べる時にそれを剝くためにナイフを用意してもおかしくないですよね？

女3、立つ。

女3　異議がありますッ。証人に意見を求めています。
女2　被告人が梨を持って行ったと仮定した場合、そのような被告人の行動はお母さんから見て理解できますか？
女3　異議ですッ。
女2　（無視して）どうですか？
女1　……理解できます。あの子は小学生の頃から、わたしが怒って口もきかないような時、わたしの好物のイチゴを自分のお小遣いで買ってきたり、手作りの肩叩き券の裏に「ごめんなさい」って書いて渡してきたり……。（と涙ぐむ）
女2　大丈夫ですか？
女1　ハイ。
女2　では、別の質問を。あなたは被害者に会ったことはありますか？

女1　ありません。
女2　息子さんから梨のこと以外に彼女のことで何か聞いたことはありますか？
女1　……。
女2　お母さん？
女1　……あります。
女2　どんなことを聞きましたか？

女1は被告人席の息子を見る。

女1　自分の子を妊娠している、と。

ざわつく法廷内。

女2　被害にあわれた娘さんがですか。
女1　ハイ。
女2　それはいつですか。
女1　今年の四月頃です。
女2　（資料をめくり）えーと、被害者が被告人に別れ話を切り出した頃ですね。
女1　ハイ。
女2　被害者は身ごもった子どもをどうしたんですか。
女1　ハッキリとはわかりませんが、たぶん中絶されたんだ、と。

ざわつく法廷内。

女2　つまり――つまり、どういうことですか?

女1　……。

女2　お母さん。

女1　息子は相談をしたかったのではないか、と。

女2　何をですか?

女1　お嬢さんに、子どもをどうするのかを。

女2　つまり、被告人がストーカーのように被害者につきまとったのは、被害者に対する執着心からではなく、被害者が身ごもった子どもをどうするか相談するためだった、と?

女3、立ち上がる。

女3　異議があります。誘導尋問ですッ。

女2　被害者は現在、妊娠中であるという証拠はありません。とすれば、証人の言うことが本当なら、被害者は被告人との間にできた子どもを堕胎したと考える他ありませんッ。

女3　捜査段階で、被告人は一度もそんな話をしていませんッ。

ざわめく法廷内。

女2　いつその話を被告人から聞いたんですか？
女1　最後に拘置所で会った時に――先月です。
女2　なぜ今までそのことを黙ってたんですか。
女1　息子に強く口止めされたからです。
女2　なぜ？
女1　……よくはわかりません。
女2　えーと……。（とあわてる）
女1　けれど。
女2　けれど何ですか。
女1　いえ。
女2　お母さん――。
女1　想像にすぎませんし、あたしの口からこんなこと言うのはとてもアレですが。
女2　ハイ。
女1　傷つけてしまうと思ったからではないでしょうか。
女2　誰をですか。
女1　妊娠の事実を公にすると――お嬢さんを。

と被告人を見る女1。

女2　つまり、被害者の女としての名誉を慮《おもんぱか》った、と？
女3　（立つ）異議ありッ。憶測です。

女1　わたしにはそうとしか――。
女2　……最後に被告人はこれから服役する可能性がありますが、刑務所を出所した後、あなたは息子さんの社会復帰を支援するつもりはありますか？
女1　ハイ。
女2　本当に？
女1　どんな罪を犯したとしても――この子はわたしの息子ですから。
女2　終わります。

と弁護人席に戻る女2。

女3　検察官からお聞きします。百歩譲って妊娠の話が本当だったとしましょう。しかし、それが本当なら、勝手に中絶をした被害者に被告人は強い殺意を持っていたことになりませんか。
女1　……。
女3　検察官からは以上です。

女4が出てくる。
女4は犬に語る。

女4　こうして、被告人の母親の証言は終わったの。びっくりしたわよ、あたし。被害者の女の子が妊娠してたなんて。けど、それは証明できないから、証拠としては採用できないって後で判事さんに言われた。もちろん、そうよね。女の子が妊娠してそれをどこかで堕ろしたことをどうやって証明できるのよ。彼女を問い詰めればわかるかもしれないけど、未だに意識不明の状態なんだから。それにもしかしたら被告人の母親が嘘をついてることだってありうるわけでしょう。あーもうわかんないッ。で、最後に被告人自身が証言台に。被告人質問よ。被告人は、おおまかには母親が証言した内容――被害者の妊娠と堕胎のことを認めた。補充質問で裁判官がした「なんでその話をお母さんにする気になったのか?」という質問に、春馬くんは答えた。「拘置所で母から自分のせいで弟が大学に進学することを諦めたと聞いて」と言葉を詰まらせた。そして、最後に「本当にごめんなさい」と悔しそうにつぶやいて深く頭を下げて涙を流した。お母さんの証言の最中、ずっとうつむいて話を聞いていた春馬くんは、公判が終わって退廷する時、初めてお母さんを見た。その表情は何とも言えない顔だった。

と女４は去る。

7　母の想像

中央の椅子に座ったままの女1。
女1は息子に語る。

女1　武彦――とてもこんなことを法廷じゃ言えないし、証拠は何もないことだけど、つまり、こういうことじゃないかと母さんは思うの。あなたは咲子さんと出会ってすごく好きになった。今まで一度も経験したことのないようなめくるめく恋。嘘をついたのはよくないけど、あなたの気持ちもわからなくはないわ。相手はお金持ちの輝くようなお嬢様。釣り合いがとれない自分のことを恥ずかしく思ってつい本当の自分を隠してしまった。ある日、その嘘がばれる。別れ話になる。あなたは最初その現実をきちんと受け止めて、彼女の元から離れようとしたんじゃないの？　そんな時、彼女に妊娠してることを告げられる。「お金を出して」って言われたのかもしれないわね。けど、あなたはその子どもを殺すことに大きな葛藤があった。決して望んでできた子どもじゃなかったかもしれないけど、あなたはその子どもを殺すことができなかった。だから、彼女に会って、何とか子どもを生んでくれるように頼みたかった。そのためならどんな犠牲も払う覚悟で。けれど、彼女はあなたとの連絡を断った。電話をしても出ない、家へ行っても会ってくれない。いてもたってもいられないような焦り。過ぎ去るだけの時間。そんな時、ようやく彼女と会えた。

八月二十一日の午後一時半。彼女のマンションの前。明るい日差し。蟬の声。

蟬の声が聞こえる。

女1　あなたは彼女の好きだった梨を一緒に食べようとナイフを買って持っていった。決して殺そうと思って彼女に会いに行ったわけじゃない。仮に彼女に「子どもを生むことはできない」って断られて、子どもを中絶する結果になっても、最後の決着を自分の意志できちんとつけたかった。けれど、そこであなたは、彼女がもうすでに子どもを堕ろしてしまっていることを知る。「誰があんたみたいな嘘つきの子どもを生むもんかッ」「あんたみたいな男とあたしが釣り合うと本当に思ってるの？」――もしかしたらそんな言葉を投げつけられたのかもしれない。あなたは激情に駆られた。彼女を決して許せないと思った。なぜなら、彼女は自分の子どもを平然と殺した冷酷な殺人者だったから。そして、たとえ一時でもあなたが本気で愛した人だったから。あなたのバッグのなかにはナイフがあった。あたしが送った梨を二人で食べようと思って持って行ったペティナイフ。あなたはナイフを取り出した。

蟬の声が大きくなる。

女1　検事さんが言ってたことは嘘じゃない。あなたはその時、殺意を持った。けれど、その殺意は理不尽な殺意じゃなかった。ちゃんとした理由があった。母さんは――母さんは、そう信じてる……。

蝉の声、遠ざかる。

女1　あたしが梨を送らなければこんなことにはならなかった――そう考えると眠れない夜が続いたわ。なぜなら、あの日、あなたが彼女に梨を持っていかなければ、あなたがその梨で彼女の気を引こうとしなければ、ナイフを買うこともなかったのだから……。武彦、母さんはこう思うの。世間のみなさんはたぶんあたしのことをこう思ってることでしょう。「あんな息子を育ててとんでもない親だ」「あんな息子を持って可哀相な母親だ」と。けどね、武彦。母さんはそれ以上の喜びを知ってるのよ。その喜びが何だかあなたに何だかわかる？　それはね、あなたとマサくんがこの世に生まれてきてくれたこと。その喜びがあるから、母さんはどんなことが起ころうとあなたを決して……。

女1は、闇に消える。

8　論告・求刑

カターンと木槌の響く音。

立ち上がる女3。

女3　この法廷に提出されたすべての証拠から見て、被告人が計画的に被害者を殺害しようとしたことは明白であると考えます。

被告人は、犯行当日、凶器となったナイフを犯行直前に購入して被害者に会いに行っています。弁護側の主張では、ナイフを購入したのは、「被害者を殺すためではなく、持っていった果物を食べるため」というものですが、被告人の逮捕時の所持品のなかに果物――梨はありませんでした。被告人は持って行った梨は犯行現場で落としたと主張し、マンション管理人も腐った梨を目撃はしてはいますが、その腐った梨が見つかったのは、本件犯行現場から五、六メートルも離れた花壇の植え込みであり、弁護人はどのような経路で被告人が持参したと主張する梨がそこに転がっていたのかを証明できていません。その事実は証明できないていないのです。被告人は計画的に被害者を殺害しようとしていたからこそ、犯行直前にナイフを買ったのであって、断じて「果物の皮を剝くためだった」からではありません。そんな言い分は少しでも罪を軽くするための言い逃れに過ぎません。

また、被告人の母親は自分にだけ被害者が妊娠したことを告げたと証言していますが、被告人が妊娠していた事実を証明する証拠は何一つ法廷に提出されていませんし、弁護人が主張するような「中絶の手術を行った医療機関」さえ特定できていません。よしんば妊娠が事実だったとしても、その事実は被告人の強い殺意を認めさせこそすれ、計画的な殺意を否定する根拠にはなりえません。

次に本件の情状について述べます。本件はインターネットを通して知り合ったまったく未知の男女が、恋人関係になり、しかし、被告人がついていた嘘をきっかけに破綻に至ったというごく平凡な男女の恋愛関係のもつれが原因の情痴事件です。ふられた男がふった女への執着心からストーカー的な行為を繰り返し、ついには逆上して女性を殺そうとしたものであり、その動機にまったく同情の余地はありません。被告人は無防備な被害者をナイフによって殺害しようとし、被害者の顔面にも切りつけており、その犯行の方法、態様は極めて悪質かつ残虐というほかありません。また、被害者は未だに意識不明の重体であり、加えて顔面に受けた傷は一生消えず、女優になることが夢だった被害者の将来はめちゃくちゃにされたと言えます。被害者のみならず理不尽に娘を傷つけられたご家族の被告人への処罰感情は察するに余りあります。

最後に被告人に対する求刑ですが、本件において被告人に有利に考慮すべき事情はなく、被告人の身勝手さ、倫理性の欠如を矯正するには、長期間、被告人を矯正施設に収容するより他に方法はありません。よって、検察側は相当法条《そうとうほうじょう》を適用の上、被告人を懲役八年に処するを相当と考えます。

と椅子に座る女3。

立ち上がる女2。

女2

確かに被告人がした行為の結果は重大です。一時は恋人関係にあった年若い被害者との別れ話がもつれ、激情に駆られ無防備な被害者をナイフで切りつけ、大きな傷を負わせてしまいました。この事実に関しては、検察官の指摘にまったく異論をさし挟む余地はありません。しかし、です。被告人はあくまで衝動的に被害者に切りかかってしまったのであって、計画的に被害者を殺害しようと考えていたわけではありません。被告人は被害者と会う直前に凶器となったペティナイフを購入しています。しかし、それは被害者を殺すためではなく、被害者とともに食べようと思った梨の皮を剝くために買ったものに過ぎません。もし、殺害しようという計画性があったなら、もっと殺傷能力の高い凶器を買ったはずです。現に被告人は被害者を殺害することができませんでした。

被告人の母親は事件前に被告人に梨を送っています。マンション管理人は、事件後、犯行現場のすぐ近くで梨を発見しています。被害者が被告人との間の子どもを妊娠し、かつ、中絶してしまっていたという事実については、被告人と被告人の母親の証言以外に証拠がありません。しかし、です。もしも、そういう事実があったとしたら?

ナイフの件、梨の件、妊娠の件、中絶の件。法廷に出てきたこれらの事実が存在する可能性を前にして、裁判員のみなさんは「合理的な疑いなく被告人の計画的殺意が立証された」と言い切れるでしょうか? 検察官は「弁護人の主張は何も証明されていない」と言いました。しかし、違います。刑事裁判において弁護人が負っているのは「証明すること」ではなく、「検察官が証明しようとしている事実に合理的な疑いを持つ余地があることを裁判官を含めたみなさんに伝えること」なのです。……こう言って、わたしは自分の無力を痛感しています。ナイフの件も、梨の件も、妊娠・中絶の件も、あくまで憶測の域を出ず、事実として証明するに至っていないからです。しかし、弁護人がどんなに無力であったとしても、裁判員のみなさんが心に抱いた疑念が消え去るわけではありません。わたしは、その意味で裁判員裁判を信じています。

被告人の犯行が衝動的だったにせよ、今は被告人は自ら犯した罪を悔い、日に日に反省の色を深めています。被害者と被害者の家族に対する謝罪文については、そのコピーを証拠として提出した通りです。

検察官は「被告人に有利な事情は何もない」と言い切りました。しかし、そうでしょうか？　ナイフの購入の動機、被害者の妊娠・中絶、被害者の好きだった梨を持って彼女を訪ねた被告人の思い、母親の謝罪、被告人自身の後悔と反省――被告人に有利な事情はあります。裁判員のみなさんの目に、そこにいる被告人が、その若者の言ってることが必ずしも嘘ではないかもしれないと映ったのであれば、被告人に執行猶予をつけて、社会内で更生するチャンスを与えていただきたくお願いいたします。

女2は椅子に座る。

9　判決

女4が出てきて、犬に語る。

女4　検察官による論告・求刑、弁護人による最終弁論が終わり、裁判官とわたしたち裁判員たちは、合議のために退廷したの。合議は夜までかかったわ。でも、誰一人「もう遅いから早く帰らせてくれ」とは言わなかった。それだけ意見が別れたけど、みんな必死だった。翌日は判決公判。裁判最後の日。ラッキー、あなたならどういう結論を出した？

と判事の声が聞こえる。

判事（声）「ただ今より判決を言い渡します。被告人は前へ」

と舞台中央の証言席に明かりが当たる。
女1が舞台の隅に出てくる。
証言席を取り囲むように四人の女がいる。

判事（声）「主文。被告人を懲役五年に処す。ただし、未決勾留日数中一〇〇日をその刑に参入する」

それぞれの思いで舞台中央の証言席を見守る女たち。

判事（声）　「以下、判決理由を述べます。被告人は平成二十四年九月頃、インターネットを通して被害者と知り合い、何度かのメールのやり取りの後、同年の十一月六日、被害者と直接会う約束をして、新宿区内のレストランや居酒屋で飲食をともにした。平成二十四年の十一月半ばから正式に交際する関係となり——」

判事の声は次第に遠ざかっていく。

女1　……。

女1を見ている三人の女たち。
女1、何とも言えない表情をしてその場を去る。
それを見送る女たち。
と女たちは観客に向かう。

女4　わたしの仕事は不動産屋の窓口業務。一度、結婚に失敗し今はバツ一。子どもはいない。子どもはほしいけれど、なかなか現実はうまくいかない。そんなわたしの孤独を慰めてくれるのはいっしょに暮らしてるポメラニアン犬。——名前はラッキーいう。

女3　有名な大学の法学部を卒業し、司法試験を経て検察官になった。検事として仕事をするよ

女2

うになってもうずいぶん時間が経つ。結婚して二十年。夫もわたしと同じ検察官だ。子どもは二人。高一の息子と小五の娘。——息子は正孝《まさたか》、娘はマリという。今夜、正孝に最近、帰りの遅い理由をきちんと聞こうと思う。
わたしが弁護士になったのは三年前。わたしは元々はとある企業の秘書をずっとやっていた。結婚して十七年。夫は証券会社のサラリーマンだ。子どもは中学生になる息子が一人。——名前は望《のぞむ》という。明日は望の誕生日。プレゼントはまだ買っていない。

とそれぞれの「子どもたち」のことを思う母親たち。
そして、証言席を見る。

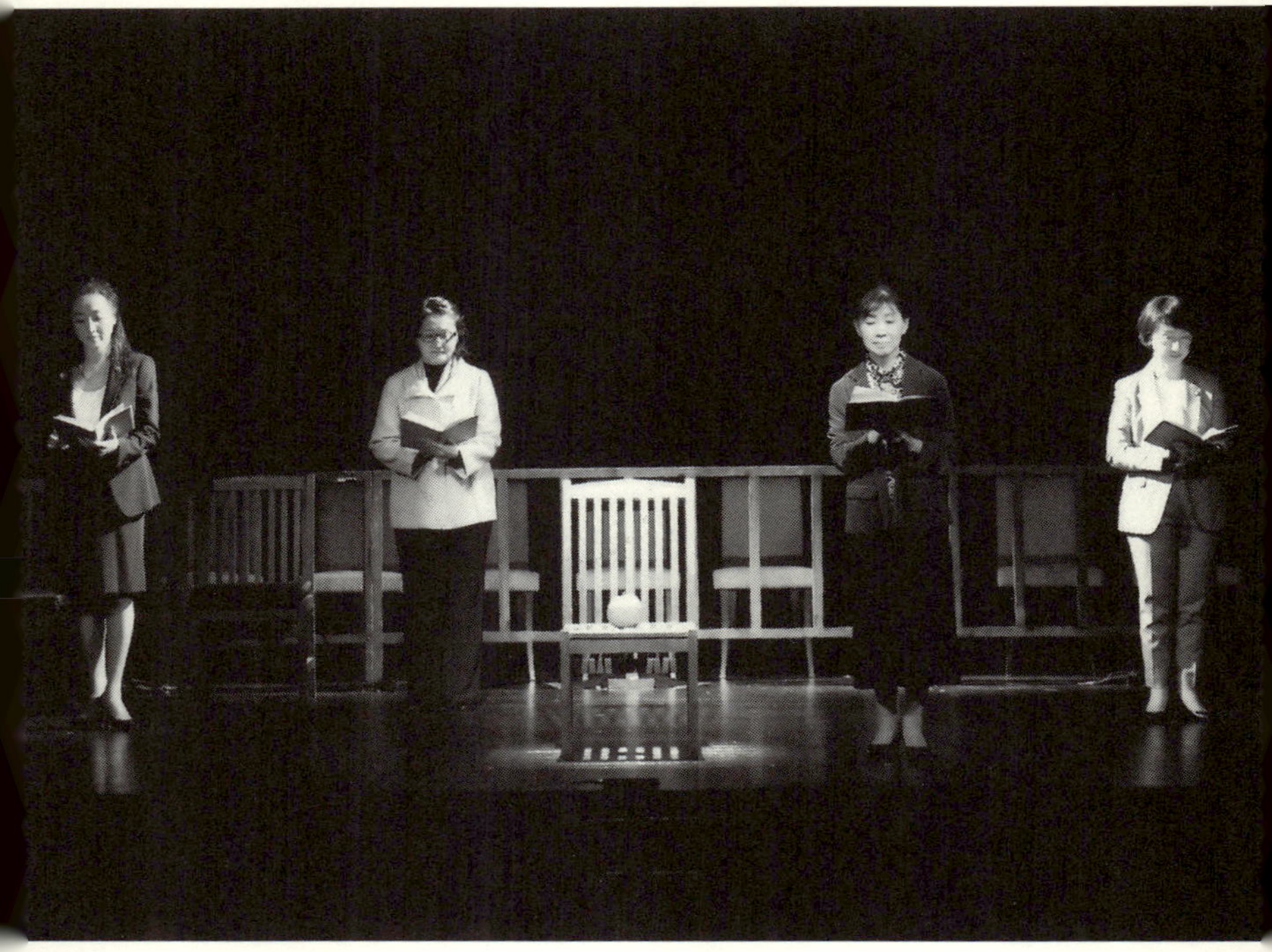

エピローグ　母の手紙④

女1が出てくる。
女1は梨を一つ持っている。
そして、それを舞台中央の証言席の上に置く。
女たち、所定の位置につく。
女たちは被告人の母親の手紙を読む。

女1　武彦、その後、元気ですか？
女2　なかなか面会に行けなくてごめんなさい。
女3　そちらはどうですか？
女4　慣れない場所での生活、心配しています。
女1　ちゃんと眠れてますか？　御飯はちゃんと食べてますか？
女2　こちらはようやく介護の仕事にも慣れてきました。
女3　人間相手の仕事は疲れますが何とか元気にやってます。
女4　この前、マサくんの就職が決まりました。
女1　伯父さんの経営する建築会社です。
女2　まだ見習いなので苦労も多いみたいですが頑張ってます。

女3　こっちは大丈夫ですから、心配しないでください。
女4　辛いことも多いでしょうが、元気に毎日を過ごしてください。
女1　被害に遭われたお嬢さんの意識も戻り、ホッとしています。
女2　だからと言ってお前のやったことが許されるわけではありませんけど。
女3　心から本当によかったと思っています。
女4　とても相手にはしてもらえないと思いますが。
女1　どんなに拒絶されようと、お詫びをすることを止めないでください。
女2　もうすっかり冬ですね。
女3　この前、こっちでは久し振りに雪が降りました。
女4　そちらは北の国。こっちよりたくさん雪が降ったことでしょう。
女1　降り積もる雪を眺めながらお前のことを思いました。
女2　別々の場所にいても、降る雪は同じ雪です。
女3　そうそう、この前、弁護士の先生から手紙を貰いました。
女4　その手紙にあった言葉をお前にも教えます。
女1　「どんな暗い夜も明けない夜はない」――。
女2　シェイクスピアのお芝居に出てくる台詞だそうです。
女3　「どんな暗い夜も明けない夜はない」――。
女4　この言葉をかみ締めて、自棄《やけ》を起こさず毎日をきちんと生きてください。
女1　面会に行けるのはまたしばらく先になりそうですからまた手紙を出します。
女2　寒い季節になりました。
女3　からだに気をつけて頑張ってください。

女4　風邪などをひかぬように。
女1　息子へ。――母より。

女たちは、舞台中央の証言席を見る。
美しい色の梨――。
そこにヒラヒラと雪が舞い落ちる。
証言席の明かりがゆっくりと消えていく。
そして、女たちの姿も。

［参考文献］

『模範六法』（三省堂）

『犯罪事実記載の実務～刑法犯』（近代警察社）

『加害者家族』鈴木伸元著（幻冬舎新書）

『裁判員必携』石松竹雄・伊佐千尋著（ちくま新書）

『女検事ほど面白い仕事はない』田島優子著（講談社文庫）

＊弁護士の平岩利文氏（ネクスト法律事務所）に助言をいただきました。

海を渡って～女優・貞奴

作／高橋いさを

［登場人物］

川上貞奴

船員

プロローグ　芸者

波の音とともに暗転。
と、どこからとなく三味線と和太鼓の音が聞こえてくる。
薄明りのなか、一人の女が踊りを舞っているのが見える。
和装の女——川上貞奴《かわかみさだやっこ》。
貞奴は『道成寺』の一部を踊る。

歌

花の他《ほか》には松ばかり花の他には松ばかり
暮れそめて鐘や響くらん鐘に恨みは数々ござる
初夜の鐘を撞《つ》く時は諸行無常《しょぎょうむじょう》と響くなり
後夜《ごや》の鐘を撞く時は是生滅法《ぜしょうめっぽう》と響くなり
晨鐘《じんじょう》の響きは生滅々巳《しょうめつめつい》入相《いりあい》は寂滅爲楽《じゃくめついらく》と響くなり
聞いて驚く人もなし
我も五障《ごしょう》の雲晴れて眞如《しんにょ》の月を眺め明かさん

美しく踊る貞奴。
と暗くなる。

1　アメリカまで

波音とカモメの鳴き声。

舞台の一隅に大きな木箱や衣類の入った行李《こうり》といくつかの椅子など。

若い船員が踊りながら出て来る。

船員が合図すると、舞台後方にロープに吊り下げられた衣類が袖から出てくる。

着物や袴、襦袢《じゅばん》や帯――それらの衣類はみな和風の衣裳である。

船員は衣類が出切ったことを確認すると、椅子の位置などを決めてから舞台から去る。

吊り下げられてた衣裳は海風に軽く揺れている。

と汽笛が鳴る。

そこは、川上音二郎《かわかみおとじろう》一座がアメリカへ向かう「ゲーリック号」の船尾にある甲板《かんぱん》付近。

明治三十二年（一八九九年）の春である。和装の貞奴（二十八歳）が出てきて、衣裳を確認する。

それらを日に当てて干しているのである。

貞奴　まったく何日も風呂敷ンなかだとカビ臭くなって困るわ、ほんと。

と、犬がワンワンと吠える声。

貞奴　あら？

貞奴、舞台の袖に入る。

貞奴　ワンちゃん、どうしたの？　よしよし――ホラ。

貞奴、袖から子犬（縫いぐるみ）を連れてきて抱き上げる。

貞奴　ワンちゃん、どうしたのこんなところで？

と犬に頬ずりする貞奴。

貞奴　……へえ、あなた、あの踊りの好きな船員さんのコなの。じゃあ「海の男」ならぬ「海の犬」ってわけよね。ふふふふ。ワンちゃんはこれから行くところどこだか知ってる？　アメリカって言うのよ――サンフランシスコ。金色の髪の異人さんがたくさんいるのよ。ワンちゃんの毛並みも日本の犬とは違うのかしらねえ。

と犬と戯れる貞奴。

貞奴　日本じゃワンちゃんは「ワンワン」だけど、英語じゃ「バウバウ」って鳴くって聞いたけど本当かしら。

犬を甲板に下ろす貞奴。
ぐったりとその場に寝そべる犬。

貞奴　何よ、そんなところに寝そべって、お行儀悪い。……何？　……暇？　……船旅に飽きた？　……まあ、確かにね。神戸を出て今日で——ひい、ふう、みい、やあ（と指を折って数え）二週間だものねえ。

と犬の頭を撫でる貞奴。

貞奴　……あ、あたし？　ふふふふ。まだ名乗ってなかったわね。はじめまして。あたしは川上貞。ホラ、こんな髭のえばってるおじさんがいるでしょ、あっちに——あの人の奥さん。あのオジさんはね、川上音二郎って言うの。あのオジさんといっしょにいるちょっと変な人たちは役者さんたち。舞台の上で演技する人。ここにあるのはみんな舞台で使う衣裳なの。

と干されている衣裳を示す貞奴。

貞奴　あたしたちは川上音二郎一座の座員なのよ。……アメリカに何しに行くかって？　決まってるじゃない、お芝居をしに行くのよ。……あたし？　あたしは違うわよ。あたしはあの

オジさんと一座の人たちのお世話係ってとこかな。元々は芸者さんなの。

と貞奴は汗を拭って一休み。

貞奴 ……何？　どんな芝居かって？　ワンちゃん、犬のくせに好奇心旺盛なのね。そんなことに興味あるんだ。まあ、それを一言で言うのは難しいな。けど、あの髭のオジさんは日本で新しいお芝居を作ろうとしているの。だから、あっちに行って、いろいろ勉強しようとしてるの。けど、ここまでくるのに苦労も多かったわ、ほんと。（と溜め息）

犬がワンワンと鳴く。

貞奴 ……馴れ初め？　あたしとあの髭のオジさんの？　聞きたいの？　何度も言うけど、犬のくせにものすごく好奇心旺盛なのね。……いいわ。あなたとももうすぐお別れですものね。その代わりちゃんと聞いて。人の話をそんな寝っころがって聞くのは失礼よ。

と犬を座り直させる貞奴。

貞奴 それでよしッ。ふふふふ。まったくあの髭のオジさんはやることが無茶であきれるわよ。けど――。

と海に向かう貞奴。

貞奴 けど、あたしはそんなあの人が大好きなの。

音楽――。

と貞奴は自分の半生を語り出す。

貞奴 あたしが生まれたのは一八七一年七月十八日、日本橋両替《りょうがえ》町。父さんは小山久次郎、母《か》さんはタカ。父さんが死んで、十六の時に同じ日本橋の葭町《よしちょう》で芸者置屋をやってる浜田可免《め》の養女になったの。子どもの時から芸者になるための稽古をやらされたけど、元来オテンバ。馬乗り、水泳、玉突き、柔道――女らしくないことばかり熱心にやったわ。そんなあたしのあだ名は「女西郷」。

と西郷隆盛の真似をする貞奴。

貞奴 そう言えば、西郷さんも犬を連れてたわよね。ふふふふ。そして、十六の時に浜田屋の芸者「奴《やっこ》」になった。浜田屋には多くの政府のお偉いさんが遊びに来ていて、そのなかに伊藤の旦那様がいた。伊藤博文《いとうひろぶみ》――総理大臣よ、日本の。あたしは旦那様にとっても可愛がられて、水揚げしてもらったのも旦那様。つまり、妾《めかけ》になったってこと。時代はまさに文明開化の真っ直中。あたしたち芸者も、お偉いさんといっしょにしょっちゅう社交の場に駆り出されたわ。「鹿鳴館」っていう西洋の偉い人たちを招いて社交するところ。踊るのはこういう西洋舞踊――ワルツ。

とワルツを踊る貞奴。

貞奴　それから数年。あたしは伊藤の旦那様に愛されながら浜田屋の芸者としてそこそこの人気芸者をやっていた。そんなある日、あたしはあの人と出会う。一八九一年——あたしが二十歳《はたち》の時よ。ある日、あたしの母さん——可免が芝居を見てきて、あたしに言うの。「とっても面白いからお前も見に行け！」って。中村座っていう芝居小屋よ。で、見に行った舞台の上に、あの髭のオジさん——川上音二郎がいたの。

と椅子に座って芝居見物をする貞奴。
芝居の拍子木とツケ打ちの音。

貞奴　演目は『板垣退助遭難実記《いたがきたいすけ》』。「板垣死すとも自由は死せず」——っていうアレ。とっても迫力のある舞台だったし、あの人、凄く素敵だった。何て言うのかな、とにかくその若い活力に圧倒された。あの人のやってた芝居は「書生芝居《しょせい》」って呼ばれるんだけどね、オッペケペー節で有名な人なのよ。

と吊ってあった羽織を羽織る貞奴。

貞奴　（歌う）「権利幸福嫌いな人に、自由湯《とう》をば飲ましたい。オッペケペ、オッペケペッポーペッポーポー。堅い上下《かみしも》角取れて、マンテルズボンに人力車、いきな束髪《そくはつ》ボンネット、貴女《きじょ》に紳士の扮装《いでたち》で、表面《うわべ》の飾りは好《よ》いけれど、政治の思想が欠乏だ、天地の真理が判らない、心に自由の種をまけ、オッペケペ、オッペケペッポーペッポーポー!」

とオッペケペを演じる貞奴。

貞奴 これが一世を風靡した「オッペケペ節」。これを幕間にやるわけ。どう、面白い? これだけじゃわからないか。

ワンワンと応える犬の鳴き声。

貞奴 ありがとう。嬉しいわ。そういう風に反応してくれるとやり甲斐があるってものよ。

衣裳を脱ぐ貞奴。

貞奴 あの人と初めて直《じか》に会ったのはお茶屋の宴会の席。お茶屋っていうのは、お芝居を見た人がお酒を飲んだりする料理屋ね。あたしは伊藤の旦那様といっしょだった。旦那様はあの人のこと、とても気に入ってたみたい。「生意気だがなかなか見所のあるヤツだ」って言ってたから。伊藤博文と言えば、政治の世界の大物。誰もがあの人がどんな風に旦那様に接するのか、興味津々の宴会だった。で、その時に旦那様があの人に「得意のオッペケペーの一節をここで見せてくれ」と所望したの。あの人、何て答えたと思う?

貞奴、座って盃でぐいと酒を飲み、音二郎を真似る。

貞奴　「(口髭を触って) わたしの芝居がご覧になりければ、小屋まで来て木戸銭を払って見てもらいたいッ」

貞奴に戻って——。

貞奴　わかる、これがどういうことなのか？　徳川家康に一介の役者がそんなこと言ったらその場で「無礼者！」(と架空の相手を斬る) ってものよ。だから、あたし、横で見ててヒヤッとしたけど、旦那様はさすがに大人よ。「ワハハハハ」と笑うと「それは失礼。まさにその通りだ」とあの人の杯に酒を注いだの。川上はその時、血気盛んな二十七歳。旦那様も昔は相当生意気だったらしいから、そんな自分の若い時の姿をあの人に見たのかもしれない。

貞奴、架空の音二郎に酌をする。

貞奴　伊藤の旦那様がお帰りになって、あたしとあの人は二人になった。あの人、旦那様の前とはうって変わってよくしゃべった。「日本の新しい芝居をオレは作りたいんだッ」「舞台は現実そのものを写し取ってこなければ面白くないッ」——滔々《とうとう》と自分の夢を語った。

音二郎の独演会を貞の一人二役で。

――　「作りたい！」

貞奴　「はあ」

――　「やってみたい！」

貞奴　「なるほど」

――　「何とかしたい！」

貞奴　「いかにも」

――　「観客をあっと言わせたい！」

貞奴　「それはそれは――」

――　「元気にしたい！」

貞奴　「すばらしいことです」

と架空の音二郎に酌をする貞奴。

貞奴　そんなあの人の夢を聞いているうちに、あたしもこの人と同じだなと思った。殿方たちに夢を見せてあげるのが芸者なら、この人は劇場で老若男女《ろうにゃくなんにょ》に夢を見せてあげようとしてるんだなって。

貞奴、立つ。

貞奴　「こちらでございます。足許、お気をつけてくださいませ」

と音二郎を見送る貞奴。

貞奴 帰り際、玄関まであの人を送った時、あの人はいきなりあたしの手を握って「今度、二人で会いましょう」と囁いた。社交辞令で「是非」と答えたけど、何て言うのかしら……恋の予感めいた気持ちがなくはなかったわ。ふふふふ。

と照れ笑いする貞奴。

貞奴 けど、あたしより先にあの人に惚れたのは母さんの方だった。「あの男は、必ず将来に大臣になる書生だ！」って凄い惚れ込みよう。決して嫌々いっしょになったわけじゃないけど、そんな母さんの後押しがなかったらあの人と結婚したか、どうか……。で、あたしたちは夫婦《めおと》になった。一八九四年――今から五年前よ。

貞奴、キチンと正座して音二郎に向き合う。
新婚初夜の宿である。

貞奴 「これからお世話になります。よろしくお願いいたします」

と三ツ指をついてお辞儀する貞奴。

貞奴　「何か言ってください」

――　「何を」

貞奴　「何をって〝お前を幸せにしてやる〟とか」

――　「ハハハハ」

貞奴　「何ですか、ハハハハって」

――　「そんな約束はできない」

貞奴　「約束はできない？」

――　「しかし」

貞奴　「しかし何ですか」

――　「しかし、誰もやったことがないことをオレはやってみたい、お前と二人で」

貞奴　そう、あの人はそう言った――「誰もやったことがないことをオレはやってみたい、お前と二人で」と。真剣な顔だった。

嬉しそうな貞奴。

貞奴　……そして、あたしは芸者を辞めてあの人といっしょに暮らすことになったの。言うなれば「川上音二郎」っていう船に乗って、いろんなところに行ってみたいって思ったから。

と汽笛が鳴る。

貞奴　けど、その船に乗ったはいいけど、その後が大変。最大の問題は、これと――これよ。

と「金」と「女」とゼスチャアする貞奴。

貞奴 あの人は次々と当たり狂言を作り出した。題名は『意外』。とある旧家の毒殺事件を元にした探偵ものよ。それが当たると次にやったのは『又意外』。それが当たると『又々意外』。一八九四年、日本は朝鮮半島に進出するために中国に宣戦布告。日清戦争が始まる。それに乗じてやった演目が『壮絶快絶日清戦争』。音楽は三味線の代わりに喇叭《らっぱ》を、大砲の音を出すために火薬を使ってもの凄い音を舞台で炸裂させたりもした。

喇叭の音と爆発音。

貞奴、その煙に噎《む》せたりする。

貞奴 お客様たちは今まで見たことないお芝居にやんややんやの喝采よ。お芝居は順調。けど、お芝居の人気とは裏腹に借金はかさむばかり。借金取りがあしたたちの周りをうろうろしてる。けれど、あの人はそのくらいのことでへこたれるような人じゃなかった。ちゃんと聞いてる?

ワンワンと鳴く犬。

と貞奴は犬を抱き上げる。

貞奴 あの人は夢だった芝居小屋「川上座」を作ることに奔走した。あたしも資金繰りにはずいぶん協力した。あたしは元売れっ子芸者。お金持ちとつながりはあったから。

貞奴、犬とともに融資者Aに懇願する。

貞奴「そういうわけでございます。ですから是非ともご融資をッ」

貞奴、別の融資者Bに懇願する。

貞奴「川上には才能がありますッ。きっと東京の、いえ日本中の人たちを熱狂させるお芝居を作りますッ。ですから是非ともッ」

貞奴、別の融資者Cに懇願する。

貞奴「あなた様のお力が必要ですッ。どうか、どうか川上を男にしてやってくださいませッ。ねえ、お願いよォ」

と色っぽく相手を誘惑するする貞奴。

貞奴　こうして何とかお金を工面して、あの人の夢――「川上座」は大阪に作られることになった。けれど、問題は他にもあった。ある日、あたしが自宅の火鉢《ひばち》の傍《かたわ》らでキセルを吸っていると――。

ガラガラと戸の開く音。

貞奴 一人の妙齢の女が現れた。目の覚めるような美人。風体からしてどう考えても花柳《かりゅう》界のお姉さん。連れの女中は乳飲み子を背負ってた。

貞奴はキセルを吸いながら女に問う。

貞奴 「どなた？」

—— 「わたしはいろはのおしづと申します」

貞奴 「おしづさん？」

—— 「ハイ」

貞奴 「どんなご用でしょうか」

—— 「この子が誰だかおわかりになりますか」

貞奴 「さあ、あなたのお子さんかしら」

—— 「いかにも。わたしと音さんの子です」

貞奴 「あの人の子ども？」

貞奴は大きく溜め息をつく。

貞奴 そう。あの人は他にも女がいたってわけ。一人じゃなくたくさん。そりゃあたしも芸人の女房だから、そういう色恋が芸の肥しになるのもわからなくはない。けど、子どもまで作られた日には堪忍袋の尾も切れるってものよ。（女に）「話は一応わかりました。後は川上と相談します」

——　「待たせてもらってもかまわないかしら」

貞奴　「いつ帰るかわかりませんので、今日のところは」

——　「女房のくせにいつ帰るかわからないの？」

貞奴　「女房にもわからないことだってございます」

——　「そう言われてもねえ」

貞奴　「ですから、今日は帰ってください。お願いですから」

と架空の女ともみ合う貞奴。

貞奴　「お帰りくださいッ。帰れッ！　トア！」

と架空の女を投げ飛ばす貞奴。

貞奴　あ、ごめんなさい。つい興奮しちゃって——。

と犬のところへ戻り、抱き上げる貞奴。

貞奴　ま、モテない旦那よりかはモテる旦那の方がいいって意見もあるけど、こっちはあの人のために一生懸命、金策に走り回った後だったから、よけいに頭に来た。だから、その怒りをあの人にぶつけるために、髪の毛をバッサリ切って「結婚はなかったことにしください！」って脅してやったの。そしたら、あの人、あたしに土下座して「すまなかったッ。許してくれッ」って——。まあ、それに免じてそのことは許してあげることにしたけど……。

と溜め息をつく貞奴。

貞奴 そうこうしてるうちに、一八九六年、大阪に川上座は完成。洋風建築の千人も入る芝居小屋。あの人が熱心に取り組んだのは西洋の古典を日本人向けに焼き直すお芝居。いわゆる翻案ものね。お客さんは喜んでくれたけど、目論み通りにいかないのが人生。川上座の建設のために作った莫大な借金を返済できるほど、収益は上がらなかった。ついに劇場は抵当に入り、高利貸したちの取り立ては厳しくなるばかり。あの人はまたしても絶体絶命のピンチに追い込まれた。けど、ピンチになればなるほど、あの人は突拍子もないことをやる人なのよね。「死ぬ気になれば、この世にできないことはない」——これがあの人の口癖。……で、何をしたと思う？（タスキをかけて）国会議員に立候補するのよ。

人々の拍手。

貞奴 ありがとうございますッ。川上にどうか清き一票を、よろしくおねがいしますッ。

と頭を下げて人々にチラシを渡す貞奴。

貞奴　あたしも精一杯応援した。でも、新聞はそんなあの人に物凄く辛辣だった。曰く——「河原乞食が国政に参加とは笑止千万」。曰く——「男芸者を議員に当選させては帝国議会の恥」などなど。特に「万朝報《よろずちょうほう》」の黒岩涙香《くろいわるいこう》の叩き方はひどかった。それでもめげずに選挙活動をしたものの、その努力も空しく、あの人は落選。そればかりか、ついに川上座を手放すことに……。そんなある日、あの人は無精髭をはやして目をギラギラさせてその頃住んでた大森の家に戻ってきた。そして、懐から取り出したのは——これ。

と小道具らしきピストルを出す貞奴。

貞奴　「何を、何をなさいますの！」
——　「殺してやる」
貞奴　「殺すって誰を？」
——　「万朝報の黒岩涙香だ」
貞奴　「黒岩涙香？」
——　「そうだ」
貞奴　「なんで？」
——　「決まってるだろう」
貞奴　「あなたのことを河原乞食だとか、恥さらしだと書き立てたから？」
——　「いかにもそうだッ」

貞奴「およしなさいッ。そんなことして何になるんですかッ」

と音二郎に取り付く貞奴。

――「離せ離せッ」

貞奴「いいえ、離しませんッ。役者の女房にはなりましたが、人殺しの女房になったつもりはありませんッ」

とピストルを取り上げる貞奴。

――「あなたらしくもない。何ですか、このくらいのことで」

貞奴「……」

――「逆にすっきりしていい気分じゃないですか、何もなくなって」

貞奴「……」

――「大丈夫。まだまだこれからですよ」

貞奴「……」

――「だから物騒なことは考えないって約束してください」

貞奴「……」

――「いいですね?」

貞奴「くそおーッ(泣く)」

ピストルをしまう貞奴。

貞奴　新聞にひどいことを書かれたのがよほど堪《こた》えたらしかった。あたしが止めなかったら、あの人は今頃、暗い刑務所にいたにちがいない。けど、そんな捨て鉢も冷めやらぬうちに、またしてもあんな無茶なことを――。あの人の気を静めるめに二人で水辺を散歩している時だった。そこに一艘《いっそう》の小舟があったの。あたしは、冗談のつもりで「ねえ、人殺しなんかやめて、いっそ二人でこのボートで無人島か何かへ行きましょうよ」と提案した。あくまであの人を励ますめに、冗談で言ったの。けど、あの人は本気で受け入れたのよ。

風と波音が大きくなる。
貞奴はタスキに鉢巻きをする。

貞奴　「日本丸」と名付けたその小舟の乗組員は川上、あたしに加えて姪《めい》のシゲと飼い犬のフクちゃん。あたしたちの小舟は九月の荒海に乗り出した。出発したのは築地の海岸。目的地は特になし。母さんの可免も必死であたしちを止めた――「馬鹿な真似はやめろ」って。けど、あたしは母さんじゃなくてあの人に従ったの。「死んでもいい」――その時はそう思ってた。

貞奴は小舟に乗った体で、大海原を揺れる。

貞奴　途中、横須賀で海軍の軍人さんの蒸気船に見付かって、こっぴどく叱られたわ。けど、そんな軍人さんの目を盗んで、シゲとフクちゃんを残してあたしたち二人は再び日本丸で海に漕ぎ出たのよ。

風と波音。

貞奴 あたしが舵を取って、あの人が漕ぐ。方向を決めるのは昼間はお日様、夜は星座。途中、航海に疲れ果てたあたしたちは海の上で何度も喧嘩した。

小舟のなかの貞奴と音二郎。
貞奴は音二郎に握り飯を差し出す。

貞奴 「お握りよ」
──「(受け取る)」
貞奴 「(食べて) さっきの話、もう一度言って」
──「だからオレが引舵《ひきかじ》と言ったら右へ、押舵《おしかじ》と言ったら左だッ」
貞奴 「引舵と言ったら右、押舵と言ったら左?」
──「そうだッ」
貞奴 「引舵だったらこっち、押舵だったらこっち?」

と方向を示す貞奴。

――「逆だッ。オレと向かい合ってるからそういうことになるんだッ。向こうを向いた状態で考えるんだッ」

貞奴「そんな怒鳴らないでよッ。わかりにくいんだからッ」

貞奴「……」

貞奴「いっそそんな変な言い方じゃなくて〝右だッ左だッ〟って言ってくれない？」

――「ふざけるなッ」

貞奴「ふざけてないわよッ。わかりにくいって言ってるのッ」

とお握りを音二郎にぶつける貞奴。

――「右と左じゃ船らしくないッ」

貞奴「それじゃ船らしくない？　ハハハハ。こんな死ぬか生きるかの冒険してて、よくそんな悠長なことが言ってられるわねッ」

――「オレはらしさにこだわるんだッ」

貞奴「らしさにこだわるんなら、右へ行く時は面舵《おもかじ》、左に行く時は取舵《とりかじ》って言ってよッ」――

――「そんなの知るかッ」

貞奴「そんなの知るかって言われても、普通そうでしょッ」

――「オレの普通と世間の普通は違うんだッ」

貞奴「あんたの普通とあたしの普通も違うのよッ」

――「……」

二人、落ちた握り飯を拾って食べる。

貞奴　「(食べて) 馬鹿ッ」

ロープに吊られた着物がバタバタと揺れる。

貞奴　嵐にも遭遇した。

大波が小舟を襲う。

貞奴　「ひゃあーッ。たたた大変ッ。水が、水が！」

——　「水をかきだせッ」

貞奴　「何？」

——　「水をかきだせッ」

貞奴　「水をかきだす？　ひゃあーッ」

と揺れて倒れる貞奴。

——　「はははは早くしろッ。転覆するぞッ」

貞奴　「ててて転覆？　イヤイヤイヤ！」

と海水をバケツで船外にかきだす貞奴。

貞奴　「あーッ。あれ見て見てッ。アザラシよ、アザラシ！　ひゃあーッ」

と波に飲まれて、くるくるとその場を回転する貞奴。

そして、そのまま浜辺に打ち上げられた体で倒れる。

波音、遠ざかる。

犬がワンワンと吠える。

貞奴　……大丈夫よ、生きてるから。

と起き上がる貞奴。

貞奴　まったく人生というのはわからない。あたしたちの自殺覚悟の無茶なボートの航海は、新聞に大きく取り上げられ、人々の注目を集めて、あたしたちの船を見ると、集まった人たちが応援してくれるまでになった。築地を出発してから四ヶ月余り。あたしたちは、いくつもの港に立ち寄りながら、次の年の一月に神戸へ辿り着いたの。さすがに体力も尽きたあの人は入院を強いられた。

貞奴、タスキと鉢巻きを外す。

貞奴　病院のベッドで傷だらけのからだを横たえて、静かに目を閉じるあの人を見て、あの人が結婚する時にあたしに言った言葉を思い出した。──「オレは誰もやったことのないことをやってみたい、お前と二人で」。とっても馬鹿げたことだったかもしれないけど、あの言葉に嘘はなかったと思ったら、なぜだかひどくおかしくなって──ハハハハ。

と大笑いする貞奴。

そして、ちょっと涙ぐむ。

貞奴　のろけに聞こえるかもしれないけど、その時、あたしはこの人に惚れてるってことがわかった気がする。

身繕いをして、椅子に座る貞奴。

そして、鏡を取り出して、髪の乱れなどを整える。

貞奴　そんな時よ、アメリカ行きの話が舞い込んだのは。

と犬に語る貞奴。

貞奴　話をくれたのはアメリカに住む日本人。名前は櫛引弓人《くしびきゆみんど》。この人が神戸にいたあの人に連絡を取って、川上音二郎一座のアメリカ巡業を提案してくれたの。あの人はすぐに行動を起こした。自分以外に九人の役者さん。そのなかの二人が女形。裏方も含めて合計十九人。

そのなかにあたしの兄も、あの人の弟もいるのよ。これが一座の写真。出発する前に神戸で撮ったの。

と写真を犬に見せる貞奴。

貞奴　これがあたしの旦那さん。あんまり写りはよくないけど。ふふふふ。……何？　あ、あたし？　あたしはこれよ。洋服着てるからわかりにくいかもしれないけど。……綺麗？　お世辞言う犬に初めて会ったわ。で、一八九九年四月三十日。ちょうど二週間前ね。一座は神戸に集合して、この船に乗り込んだってわけ。

と汽笛が鳴る。

貞奴　以上、川上貞の語る「わたしの半生」でございました。

と犬に頭を下げる貞奴。
犬がワンワンと吠える。

貞奴　ありがとう。その鳴き声は楽しんでくれたって解釈していいのよね？　……え、一座のみんなは何してるかって？　あっちで芝居の稽古してるわよ。この船に乗ってる異人さんにせがまれて、お芝居を見せるんだって。いきなりよ。で、お芝居で使う衣裳や小道具を見たら黴《かび》がはえそうだったから、こうして座長夫人自ら干してるってわけ。

と吊ってある衣裳を調べる貞奴。

貞奴 どう？　いろいろ大変なのよ、あたしも。……何？　後悔してるか？　ハハハハ。後悔してたらここにあたしはいないわよ。

と決然と海を見つめる貞奴。

貞奴 あ、そろそろ夕食の時間ね。あたし、用意があるから。あなたはちゃんと御飯食べてるの？　……そう、ならいいわ。また、ここで会おうね。今度はあたしじゃなくてあなたの話でも聞きたいけど、ま、それは無理か。ふふふふ。じゃあね。

と行こうとする貞奴。
と犬がワンワンと鳴く。

貞奴 何？　まだ何か聞きたいことでも？

と犬のところへ行ってしゃがみこむ貞奴。

貞奴 ……「グッド・ラック」？　英語じゃない、それ。あたし英語はよくわからないの。ごめんね。

と犬をその場に置いて去る貞奴。
バタバタと吊った衣裳が風に揺れる。
と犬を残してあたりは暗くなる。

2　日本まで

波音とカモメの鳴き声。

若い船員が踊りながら出て来る。

船員が合図すると、舞台後方の和風の衣裳がゆっくりと袖に消える。

代わりに反対側からロープに吊り下げられた別の衣裳が出てくる。

洋服、シャツ、ドレス——それらの衣類はみな洋風の衣裳である。

船員は衣類が出切ったことを確認すると、椅子の位置などを決めてから犬を連れて舞台から去る。

吊り下げられた衣裳は海風に軽く揺れている。

と汽笛が鳴る。

と、そこは、川上音二郎一座が日本へ向かう高速汽船「神奈川丸」の船尾にある甲板《かんぱん》付近。

明治三十四年（一九〇一年）の冬である。

前景から二年後。

洋装の貞奴（三十歳）が日傘を持って出てきて、衣裳を確認する。

それらを日に当てて干しているのである。

貞奴　（洋風の歌などを口ずさむ）

と、犬がワンワンと吠える声。

貞奴　あら？

貞奴、舞台の袖に入る。

貞奴　ワンちゃん、どうしたの？　よしよし――ホラ。

貞奴、袖から犬（縫いぐるみ）を連れてきて抱き上げる。

貞奴　あれッ、あなた――前にあたしの身の上話をしたあのワンちゃん？　嘘ッ。なんで、なんでこの船に乗ってるの？　……異動になったの、飼い主の船員さんがこの船に？　……そうなんだッ。それにしても、奇遇ねえ。けど、うれしいわ、また会えてッ。ハハハハ。元気だった？

と犬と戯れる貞奴。

貞奴　少し大きくなったかな。けど、当たり前か、アメリカに行く時以来だから――あれからずいぶん経ったんだもんね。……そう、やっとこの船で日本へ帰れるの。二年ぶりよ、二年ぶり。……え、この格好？　どう、なかなかいいでしょ。あ、こっちもみんな向こうで買った洋服よ。

と吊ってある洋服を示す貞奴。

貞奴 そう、また干してるの。湿気っちゃうとアレだから。……何？　髭のオジさんは元気かって？　お気遣いありがとう。元気よ、とっても。……何？　……アメリカはどうだったかって？　大変だったわよ、もう。……聞きたいの、向こうで何かあったか？　う一ん。何から話せばいいのかなあ。いいわ、他ならぬワンちゃんのためだもの。じゃ、ここに座って、少し長くなるから。

と犬を定位置に座らせる貞奴。

貞奴 あなたと別れて、あたしたち川上音二郎一座はアメリカのサンフランシスコへ到着した。一八九九年の五月二十三日よ。

町の雑踏音。
電車や汽車の通過音など。

貞奴 それはあたしが見慣れた日本の町とは全然違う別世界。そこは天竺《てんじく》か雲の上かって感じよ。そんな街の風景にびっくりしたのも束の間、あたしはとんでもない事実を知ることになるの。町を歩くと、あたしの顔の写ったポスターがいろんなところに貼ってある。あなたに

209　海を渡って～女優・貞奴

も見せたことがある、ほら、あの写真のあたし。あたしは「どういうことですか、これは!?」と櫛引さん――ホラ、あたしたちをアメリカに呼んでくれた人よ、その人に詰め寄ると――（櫛引の真似で）「外国じゃ女優がいなければ芝居は始まらないんだ」ですって。で、旦那の川上にも「約束が違う！」って必死に訴えた。けど、あの人もあの人で――「なら仕方ない。舞台にお前も出てもらうことにする」ですって。あたしのこの時の気持ちわかる？　英語で言えば「オーマイガーッ」よ。

犬がワンワンと鳴く。

貞奴　……やったわよ。もう後には引けなかったの。こうしてあたしは日本にはまだいないアクトレス――女優としてデビューすることになった――「貞奴《さだやっこ》」という名前で。初舞台はカルフォルニア座っていう由緒ある劇場よ。あの人たちは『果たし合い』――Ｔｈｅ　Ｄｕｅｌという演目をやった。立ち回りがあるアクションものよ。あたしは踊りを披露した。（と『道成寺』の一部を少しだけ踊り）……結果？　結果はこうよ。

と大きな拍手の音が聞こえる。

貞奴　受けたのよ、あたしたち！　ふふふふ。きっと立ち回りや踊りの方が台詞のお芝居より、あっちの人たちにはわかりやすかったんだと思う。――「サンキュー、サンキュー」

貞奴、恭しく観客に頭を下げる。

貞奴 けど、いいことがあれば悪いこともあるのが人生よ。……何があったかって？　櫛引さんから興行を引き継いだマネージャーが売上金を持って逃げちゃったのよ。昨日まで蝶よ花よとチヤホヤされてたあたしたちは、一夜にして無一文。ホテルも追い出されることになったの。

寒風が吹く。

その場にへたばり込む貞奴。

貞奴 「どうするんですか、座長！」と一座の面々はあの人に詰め寄る。腕を組み黙してしゃべらないあの人。「もはやこれまでか」と日本への帰国を口にするものもいた。絶体絶命。そんな時、あの人は重い口を開いた。

貞奴、音二郎の真似をする。

貞奴 「(口髭を触って）帰国はしない。どんなことがあっても、フランスまで行く。フランスこそ演劇のメッカだ！」

貞奴、立ち上がる。

貞奴 「座長の決断です。従ってください。ホラ、準備準備ッ」

と荷物を持ってくる貞奴。

貞奴 そして、向こうにいる日本人の人たちの助けもあって、あたしたちは次の公演場所を探して、シカゴに行くことになった。

列車の汽笛と通過音。
貞奴は舞台上を荷物を持って移動する。

貞奴 何とかシカゴに辿り着いたものの、手持ちの金はほとんど底をついて食べることもままならぬあり様。季節は冬。寒風吹きすさぶシカゴの町の興行主を手当たり次第に訪ねて公演を申し込むものの、どの小屋主もけんもほろろ。座員たちはロクな食事も採れずにふらふら。幸い日本贔屓《びいき》の小屋主に巡り合い、公演の約束を取り付けた。小屋の名前はライラック劇場。けれど、公演を前にお金が底を尽き、座員たちはほとんど水しか飲んでない状態だった。やせ細ったその姿はほとんど幽霊と見まごうばかり。

と貞奴はふらふらと歩く。

貞奴 けれど、幕が開いたら芝居をするのが役者の勤め。演目は『児島高徳《こじまたかのり》』とあたしの踊り。芝居は乱闘場面のあるアクションものよ。

バタバタと付け打ちの音。

貞奴 祈るような気持ちであの人と座員たちの務める舞台を舞台袖から見守った。座員たちが高徳に扮するあの人にテヤッと飛び掛かる。高徳がみんなをウォリャアと投げ飛ばす。本当なら、起き上がってまた飛び掛かるはずなのに、みんな空腹のせいで動けない。立とうとするけど――立てない。立とうとするけど――立てない。

と犬を使って座員を演じる貞奴。

貞奴 あわてた裏方がそのまま幕を下ろした。続いて、あたしの踊り。気を張って踊ったものの、あろうことかあたしも踊りの途中で――。

と踊りの途中でバタリと倒れてしまう貞奴。

貞奴 座員の機転で頬を叩かれ、ハッと意識は取り戻したけど、もし倒れたままだったら……。けど、「捨てる神あれば拾う神あり」って言葉は本当ね。舞台が終わった後、信じられないことが起こったのよ。

大きな拍手の音。

貞奴 ハハハハ。受けたのよ、芝居が！　なぜかって言うと、リアルに見えたらしいのよ、あたしたちの苦しみが。本当に腹ぺこでふらふらだったから！　空腹万歳！　怪我の功名とはまさにこのことね。——「サンキュー、サンキュー・ベリー・マッチ！（と観客にお辞儀）よかったッよかったッ」

と音二郎や座員と抱き合う貞奴。

貞奴　舞台の続演も決まり、シカゴでの公演は大成功。興行収入も手元に入った。そして、あたしたちは招かれた次なる公演地のボストンへやって来た。

汽笛と列車の通過音。
貞奴は荷物を持って舞台上を移動する。

貞奴　ボストン公演をやるのはトレモント劇場。その劇場の前の通りを隔てて向こうの劇場では世界的な名優の誉れ高いヘンリー・アーヴィングが『ヴェニスの商人』を上演していた。あの人はさっそくその公演を見て、楽屋のサー・ヘンリー・アーヴィングを訪ねて挨拶した。あの人はとてもその芝居に刺激を受けたみたいで、すぐに座員を集めてこう言った——（口髭を触って）「オレたちも『ヴェニスの商人』を上演する！」と。

貞奴、音二郎として胡座をかいて座る。

——「無茶だッ」

貞奴「無茶だろうが何だろうとやると言ったらやるッ」
―「どうやって？」
貞奴「いいか、あの芝居は日本でも『人肉質入裁判《じんにくしちいれさいばん》』として翻訳され、歌舞伎劇としても上演済みだ」
―「だから？」
貞奴「設定を日本に置き換えて、あの芝居を上演するんだ」
―「……」
貞奴「時代は五稜郭《ごりょうかく》の戦争時代。シャイロックは漁師の才六、アントーニオは商人の安藤仁三郎、ポーシャはお袖だ」
―「本番は明日ですよ。稽古はどうするんですかッ」
貞奴「大丈夫だ。芝居を見せる客は外国人だ。日本語なんかわかりゃしない」
―「どういうことですか？」
貞奴「扮装さえしっかりしてれば、後は適当に何かしゃべってればいいんだ」
―「何をしゃべるんですかッ」
貞奴「何でもいい。例えば――スチャラカポコポコ」
―「スチャラカポコポコ？」
貞奴「そうだッ。貞ッ、お前は般若心経《はんにゃしんきょう》ができたな」
―「え、まあ」
貞奴「台詞に詰まったらそれで乗り切れッ」
―「それでって――」
貞奴「観自在菩薩行深般若波羅蜜多《かんじーざいぼーさつぎょうじんはんにゃーはーらーみみた》。ホラ、声に出して言ってみろッ」

―― 「観自在菩薩行深般若波羅蜜多」

貞奴 「声が小さいッ。観自在菩薩行深般若波羅蜜多！」

―― 「観自在菩薩行深般若波羅蜜多！」

貞奴 「よしッ。このスチャラカと般若心経作戦でこの勝負を何とか乗り切るぞッ」

貞奴、立ち上がる。

貞奴 あたし、その話を横で聞いてて、あきれるのを通りこして笑ったわよ。だってそうじゃない？　言うにことかいて「スチャラカポコポコ」だなんて。それにいくら何でも般若心経とはねえ。あたしはドキドキでお袖を演じた。……失敗したと思う？　ハハハハ。いいえ、演劇の神様はあたしたちに味方したのよ。

貞奴、吊ってあった黒マントを羽織る。
そして、ポーシャとして舞台前面に出てくる。

貞奴 「ユダヤ人よ、お前の申し立ては正義であろう。だが、わたしたちが願うのはスチャラカポコポコ！　だからわたしは心から願う――観自在菩薩行深般若波羅蜜多！」

と大きな拍手が聞こえる。

貞奴 嘘じゃないわよッ、ほんとに受けたのよ「スチャラカ」と「観自在菩《かんじーざいぼー》」が。もうスチャラカ観自《かんじー》様々よッ。ハハハハ。「サンキュー、スチャラカ！　サンキュー、観自在菩《かんじーざいぼー》！」

と観客のコールに応える貞奴。

貞奴　けど、いいこともあれば悪いこともある――。こっちに着いてすぐに座員の丸山蔵人《まるやまくろうど》が、公演の半ばに三上繁《みかみしげる》が倒れたの。二人とも一座の女形よ。お医者さんの診断は鉛中毒。女形が使う白粉は鉛が原料。だから、その鉛のせいで早死にする役者や芸者はたくさんいた。二人は日本から遠い異国ボストンの病院で、この世に別れを告げた……。

と手を合わせて祈る貞奴。

貞奴　けど、悲しんでばかりいるわけにはいかなかった。あたしたちの船は、前に進むしかなかった。ボストンでの公演も成功の内に終わり、年が明けて一九〇〇年一月、あたしたち一座は次なる公演地ワシントンへ。

汽笛と列車の通過音。
貞は荷物を持って舞台上を移動する。

貞奴　ワシントンでは小村寿太郎《こむらじゅたろう》日本公使があたしたちを歓待してくれた。ここでの演目は『児島高徳』と『曽我兄弟』――あの人は、小村さんにリクエストされて「曽我兄弟」の切腹場面を派手に演出した。血糊《ちのり》を仕込んで――こう、お腹からドバッと血が出るようにしたのよ。

と切腹の真似をする貞奴。

貞奴　ハラキリはあっちの人たちにはとっても驚きだったみたいで、すごく評判になったわ。続いて行ったのはニューヨーク。

汽笛と列車の通過音。
貞奴は荷物を持って舞台上を移動する。

貞奴　ニューヨークはすごい都会。人口三百四十万人。高い建物がたくさんあって、車もたくさん。それにいろんなお店も。あ、この服はね、そこで買ったの。

と着ている洋服を示す貞奴。

貞奴　この頃、あたしはもう立派なスター扱いだった。高級ホテル、パーティー、レセプション――いろんな場所にあの人といっしょに招かれた。そういうところで出会うアメリカの女の人を目の当たりにしてつくづく感心したわ。「なんてみんなエレガントなんだろう」って。そして、アメリカの女性は日本と逆に男性からとっても尊重されてることもあたしには驚きだった。あ、そうそう。アクターズ・スクールの見学もとても刺激的だった。次は英国よ――ロンドン。

汽笛と波音。
貞奴は荷物を持って舞台上を移動する。

貞奴　立派な鋼《はがね》の船に乗って海を渡り、ロンドンに着いたのは春。ここで一番印象に残ってるのは、時の皇太子エドワード王子に紹介されたこと。舞台を見にいらした皇太子があたしたちに接見したのよ。皇太子はあたしの踊りをとても褒めてくれた。……ねえ、信じられる？　日本を旅立つ前、乞食みたいな格好で海を漂ってたあたしたちが、お金がなくてシカゴの町を幽霊みたいに青白い顔で彷徨《さまよ》ってたあたしたちが、キラキラした照明の下で英国王子と会ってるなんて。片言の英語で皇太子とニコニコ話してるあの人の横顔を見た時、あたしはまたあの言葉を思い出した。「オレは誰もやったことがないことをやってみたい、お前と二人で」……。

と海を見つめる貞奴。
汽笛が鳴る。

貞奴　ちょっと話し疲れた。休憩ね。

と椅子に座る貞奴。
そして、扇子で涼んだりする。

貞奴　どう、退屈しないで聞いてくれてる？

犬、ワンワンと鳴く。

貞奴　……何？　一座のみんなは何してるのかって？　あっちで打ち合わせしてるのよ。……『オセロ』って芝居。日本に戻ったらやるんですって。本当に芝居のことしか頭にない連中よ。……なんでそんな話をしてくれるのか？　ふふふふ。なんででしょう？　……あたしね、ワンちゃんが大好きなの。

と犬を抱き上げる貞奴。

貞奴　フクちゃん、覚えてる？　ホラ、あの人とボート旅行に行った時、横須賀までいっしょだった。その後、母さんに任せたけど、元気にしてるかなってずっと気になってて。あたし、子どもがいないでしょ。だから、ワンちゃんがあたしの子どもみたいなもんなのよ。外国に行ったきり、長いこと家に帰らない悪いお母さんだけど。

と犬に頬ずりする貞奴。

貞奴　日本に戻ったら、大きな庭のある家に住んでたくさん動物を飼いたいって思ってるのよ。ふふふふ。

と犬を下ろす貞奴。

貞奴 けど、ワンちゃんも大変よね。……え、だって、ご主人が船員さんじゃ、いつも船であっちこっち旅してて落ち着く暇もないじゃない。そう言えば、あたしもワンちゃんと似たようなもんよね。あたしのご主人もあっちこっち旅ばかり。ふふふふ。

汽笛が鳴る。

貞奴 続き話すわ。これからが海外公演の佳境だからちゃんと聞いてね。

と犬を定位置に座らせる貞奴。

貞奴 えーとロンドンまで話したのよね。まだ続くのよ、あたしたちの旅は。

と日傘を持ってくる貞奴。

貞奴 一九〇〇年六月。あたしたち川上音二郎一座は念願のフランスのパリにやって来たの。

と音楽（古いシャンソン）が聞こえる。

貞奴 時まさに世紀の転換期、ベル・エポック時代の花開く魅惑の都パリ。そして、万国博覧会が開催される年。あたしたち一座をかの地に呼んでくれたのは、ロイ・フラーって名前の三十八歳のアメリカ女性。この人はダンサーであり、興行主でもある才媛よ。パリで演じた演目は、『芸者と武士』『袈裟《けさ》』『児島高徳』『甚五郎《じんごろう》』――。パリでの公演を前に、あの人はフラーさんに呼び出されて何やら相談を持ち掛けられた。

宿泊しているホテルの一室。
ガチャとドアが開く音。

貞奴　「お帰りなさい。お疲れ様でした」
貞奴　「うむ」
貞奴　「どんな話だったの、フラーさんの話は？」
貞奴　「このままじゃ受けないと言うんだ、フラーは」
貞奴　「このままじゃ受けない？　そう言ったの、彼女が？」
貞奴　「ああ」
貞奴　「じゃあ、どうしろと？」
貞奴　「それがな」
貞奴　「ええ」
貞奴　「ハラキリをもっと派手にやってくれと言うんだ」
貞奴　「ハラキリを？」
貞奴　「そうだ」
貞奴　「なぜ？」

貞奴　「好むらしいんだな、パリの観客は、そういう残酷な場面を」

――　「……そうかッ」

貞奴　「何だ」

――　「わかったわ、きっとそうよッ。あたしたちは日本人だからハラキリは当たり前のことと思ってるけど、こっちの人にとっちゃもの凄くびっくりする習慣なのよ、ハラキリは」

貞奴　「まあ、な」

――　「そうよッ。あなたも覚えてるでしょ、アメリカでハラキリやった時、失神するご婦人までいたのを」

貞奴　「ああ」

――　「やりましょう、どんどんハラキリを。そうすれば絶対に受けるわ、ここでも」

貞奴　「しかし、必然性ってもんがあるだろう、芝居には」

――　「必然性なんて糞くらえよッ。だいたいあなた、あたしたちはスチャラカポコポコでボストン公演を乗り切った人間たちなのよ。ハラキリくらい可愛いものよッ」

貞奴　「……」

――　というあたしの意見が凶と出たか吉と出たか？　フラー劇場で幕は開いた。――結果はこれよ。

　　大きな拍手と歓声が聞こえる。

貞奴　そう。またしても演劇の神様はあたしたちに味方してくれたの。座員たちは、少しくらい辻褄が合わなくてもすぐに切った――敵じゃなくて自分の腹を。舞台は仕込んだ血糊で真っ赤よ。あたしも調子に乗って『芸者と武士』の最後で短刀で——。

と短刀を出す貞奴。

貞奴　「これにて今生《こんじょう》のお別れでございます。やあッ」

と首を切って自害する貞奴。

貞奴　「ピシュー！（と血を吹き出して）ぐぐぐぐッ」

と息絶える貞奴。
大きな拍手と歓声。

貞奴　血の海の舞台に喝采を送るパリの観客たち——確かに不思議な光景ではあったけど、彼らにとっては、あたしたちが人前で平気で接吻する彼らに驚いたのと同じことなんだと思うわ。「本日、ハラキリあり！」——劇場の外のポスターにはそんな宣伝文句が躍《おど》ってたわ。「ボンジュール、ゲイシャ！　メルシー、ハラキリ！」

と観客にお辞儀する貞奴。

貞奴　客は大入り。当初の予定を超えての続演が決定、出演料も多くなった。あたしはパリのトップ・レディに祭り上げられて、「ヤッコ服」なる和洋折衷の夜会服が流行ったりもした。そう、つまり、あたしはパリ万博のスターになったってわけ。

とポーズを決める貞奴。
ワンワンと喜ぶ犬。

貞奴　エリゼ宮で開かれたルーベ大統領主催の園遊会にも招かれた。僭越《せんえつ》ながら大統領と腕を組んで庭を歩いたわ。みんながあたしを祝福してくれた。けど、あたしの成功を快く思わない人もいたわ。他ならぬあの人よ。

と指で髭（音二郎）を作る貞奴。
宿泊しているホテルの一室。
機嫌が悪い音二郎。

貞奴　「ねえ、あなた。どうかしたの？」
――　「……」
貞奴　「何よ、さっきからそんな押し黙って」
――　「何でもない」
貞奴　「何でもないならなんでそんな仏頂面してるのよ」
――　「……」
貞奴　「あ、わかったッ。気に入らないんでしょ、あたしがこの前の園遊会で大統領と仲良くしてたのが」

――　「……」

貞奴　「焼き餅焼いてるんだッ。キャー可愛いッ」

――　「違うッ」

貞奴　「なな何よッ。そんな大きな声出してッ。びっくりするじゃないのッ」

――　「……」

貞奴　「ねえ、理由を言ってよ。これじゃわけがわからないじゃない」

――　「聞きたいか、理由を」

貞奴　「聞きたいわ」――あの人が無言でわたしに差し出したのは、数枚の紙切れ。

架空の音二郎は貞奴に紙を渡す。

貞奴　「何これ？」

――　「新聞の劇評だ、日本語に翻訳してもらった」

貞奴　「新聞の劇評――へえ。あ、悪いことが書いてあるんだッ」

――　「読めばわかる」

貞奴は、紙に書かれた劇評を読む。

貞奴　「〝三度も衣裳を脱ぎ捨てて変身する貞奴の演技は実に見事〟」

――　「……」

貞奴　「〝貞奴の声は悲劇的なほど空しく、涙と笑いを同時に誘うような繊細な声だ。要するに魅力的なのだ〟」
――　「……」
貞奴　「〝貞奴の踊りには西洋の踊りの持つ派手で誇張された華やかさに対するアンチ・テーゼがあった〟」
――　「……」
貞奴　「いいことばかりじゃない、書いてあるの。ハハハハ。ところでアンチ・テーゼって何?」
――　「おおッ（泣く）」
貞奴　「何ッ何ッ、なんで泣いてるの?」
――　「お前のことばかりだ」
貞奴　「え?」
――　「お前のことばかりで、オレのことは一言も」
貞奴　「あたしのことばかり?　オレのはことは一言も?」
――　「そうだッ」
貞奴　「何だ、自分のこと書いてもらえないから拗《す》ねてるの?」
――　「だったら悪いかッ」
貞奴　「ハハ、ハハ、ハハハハ」

と大笑いする貞奴。

――　「いいか、この劇団の座長はお前じゃない、この川上だ」

貞奴　「もちろんそうよ。あなたがこの劇団の座長に決まってるわ」
――　「なのに、なんでお前のことばっかりなんだッ」
貞奴　「なんでって言われても困るけど」
――　「なんでだッ」
貞奴　「ま、ハッキリ言えば、あたしの方が魅力的だから？」
――　「(泣いて)もういいッ」

と部屋から走り出て行こうとする音二郎。

貞奴　「あ、待ってッ」

と音二郎を止める貞奴。

貞奴　「落ち着いてッ。そんな泣いてホテルのなかうろついてちゃ、他の人に変に思われるじゃないの」
――　「……」
貞奴　「ごめんなさい。さっきのは冗談ですよ。気にしないでください」
――　「……」
貞奴　「わかってないんですよ、こっちの人は。あなたの魅力を」
――　「……」
貞奴　「それに褒めてもらってるのはあたしでも、結局、あたしはこの一座の一女優」

貞奴　「……」
貞奴　「そして、あなたの妻」
貞奴　「……」
貞奴　「そんな女優であり妻を持ってる人が一番すばらしいことに変わりないわ」
貞奴　「……」
貞奴　「だから機嫌を直してください。ねえ」
貞奴　「……」

と音二郎を抱き締める貞奴。

貞奴　「ふふふふ。腹が減ったな。何かレストランに食べに行こう」
貞奴　「すぐに行きます。先に行っててください」

と音二郎を見送る貞奴。

貞奴　まったくあの人と来たら、あたしばかりがチヤホヤされるのが面白くなかったみたいで――ほんと子どもみたいなところがあるんだから。ま、もっとも、あの人だけじゃなく殿方という生き物には、そういうところがあることは、芸者時代からよく知ってたつもりではあるけれど。

と犬を抱き上げる貞奴。

貞奴　そうこうしているうちに時は流れ、一九〇〇年十一月、あたしたち一座がパリを旅立つ日がやって来た。パリに来てから四ヶ月。ブリュッセルを経由してロンドンへ戻り、そこであたしたちはこの神奈川丸に乗り、ついに日本へ帰ることになった。そして、一九〇〇年の師走も近いその日、あたしは船の上で、航海の途中、どこかの港からこの船に乗り込んだあなた――ワンちゃんに再会したってわけよ。

と汽笛が鳴る。

貞奴　以上、川上貞の語る「川上一座海外興行顚末記」でございました。

と犬に頭を下げる貞奴。
犬がワンワンと吠える。

貞奴　ありがとう。その鳴き声は楽しんでくれたって解釈していいのよね？　ふふふふ。……ちょっと寒くなってきたかな。

と吊ってある衣裳を調べる貞奴。

貞奴　どう？　あたし、二年前と変わった？　ふふふふ。

と犬の前でポーズを作る。

貞奴 そう見えないかもしれないけど、あたしは――変わったと思ってる。

と決然と海を見つめる貞奴。

貞奴 あ、そろそろ夕食の時間ね。あたし、用意があるから。あなたはちゃんと御飯食べてるの？　……そう、ならいいわ。また、天気のいい日にここで会おうね。ふふふ。じゃあね。

と犬の頭を撫でてから行こうとする貞奴。
と犬がワンワンと鳴く。

貞奴 あ、言うの忘れてた。前に会った時、向こうの犬は「ワンワン」じゃなくて「バウバウ」って鳴くらしいって言ったの覚えてる？　確かめてみたわ、ちゃんと。断言するけど、向こうでも犬は「ワンワン」よ。絶対に「バウバウ」じゃない。

と行こうとする貞奴。

貞奴 あ、それともうひとつ。ワンちゃんが最後に言ってくれた言葉の意味、その後わかったわ。「グッド・ラック」は「幸運を」よね。ふふふふ。ありがとう。

ワンワンと犬が鳴く。

貞奴　何？　まだ何か聞きたいことでも？

と犬のところへ行ってしゃがみこむ貞奴。

貞奴　……「幸運を？」今度は日本語なのね。……けど、ほんと、日本に帰ってからがあたしたちの本当の勝負よね。ワンちゃんも元気でね。

と犬をその場に置いて去る貞奴。
と犬を残して辺りは暗くなる。

3 朝鮮まで

波音とカモメの鳴き声。

若い船員が踊りながら出て来る。

船員が合図すると、舞台後方の洋風の衣裳がゆっくりと袖に消える。

代わりに反対側からロープに吊り下げられた別の衣裳が出てくる。

着物や袴に混じって洋服やドレス――つまり、和洋折衷の趣。

船員は衣裳が出切ったことを確認すると、椅子の位置などを決めてから犬を連れて舞台から去る。

吊り下げられた衣裳は海風に軽く揺れている。

と汽笛が鳴る。

と、そこは、貞奴一座が朝鮮へ向かう汽船「三国丸」の船尾にある甲板《かんぱん》付近。

明治四十五年（一九一二年）の冬である。

前景から十一年後。

地味な色合いの和装の貞奴（四十一歳）がいくつかの衣類を持って出てきて、空いているロープに新たなそれを吊り下げる。

それらを日に当てて干しているのである。

貞奴　（衣類を調べている）

と、犬がワンワンと吠える声。

貞奴　……まさか、ね。

と、犬がワンワンと吠える声。
貞奴、仕事を終えて舞台の袖に入る。

貞奴　嘘ッ。やっぱりあの時のワンちゃんじゃないのッ。信じられないッ。

貞奴、犬（縫いぐるみ）を抱き抱えて舞台に戻ってくる。

貞奴　なんで、なんでここにいるの⁉　……船長？　誰が？　ご主人？　あの逞しい船員さんが出世したの⁉　そうなの⁉　へえ、しかし、何て言うか奇遇よねえ。何年前だっけ、あなたと前に会ったの？　……十一年前？　そうそうッ。あたしちが外国から日本に帰る時よね。いやあ、久し振り！　元気だった？　……それにしてもあなた全然老けないわね。恨めしいくらい昔と変わってないわ。……あたし？　あたしは見ての通り、もう立派なオバさんよ。……あたしも変わってない？　そりゃありがとう。お世辞でもうれしいわ。ふふふふ。

235　海を渡って〜女優・貞奴

貞奴、犬を手放す。

貞奴 ……そう。また公演に行くのよ、今度は朝鮮。えーと、予定では釜山《プサン》、仁川《インチョン》、大連《ダイレン》ってトコ。もちろん、初めてよ。そんなに長い間、行ってるわけじゃないけど。……ううん、違う。この一座は川上音二郎一座じゃないの。貞奴一座。今はあたしが劇団の座長なのよ。……髭のオジさん？ ……うん、それがね、死んじゃったのよ、去年。

と海を見る貞奴。

貞奴 ふふふふ。あなたのご主人が出世して船長になったのと同じね。時は流れる——ってヤツね。……ご愁傷様？ ハハハハ。犬のくせにそんなこと言うのね。まったくワンちゃんにはびっくりするわよ、ほんと。けど、あたしはこの通り——（と体操）元気だから心配しないで。

と犬の頭を撫でる貞奴。

貞奴 何？ ……外国から日本に戻った後？ そうねえ。いろいろあったわ。また聞いてくれるの、あたしの話？

犬、ワンワンと吠える。

貞奴　いいわ。あなたには特に聞いてほしいことでもあるし。じゃ前みたいにまたここに座って、キチンとしていてね。

と犬を定位置に座らせる貞奴。

貞奴　ヨーロッパから帰ってきて、あたしたちはまず新居を構えた。場所は相模湾に臨む茅ヶ崎。ホラ、前にボートの冒険した時に乗せたフクちゃんって覚えてる？　母さんに預けてたフクちゃんも呼んで、日本での新しい生活が始まった。ロバやヤギ、豚、アヒルも飼って、家はちょっとした動物園よ。あたしのささやかな夢は実現したってわけ。茅ヶ崎にはね、歌舞伎の名優・市川団十郎《いちかわだんじゅうろう》も住んでたのよ。

貞奴、位置を変える。

貞奴　あの人がまず取り組んだのは日本での『オセロ』の上演。あの人は「世界的な日本の演劇を作るぞ！」ってすごく鼻息が荒かったから、その第一弾としてその演目が選ばれたってわけ。けれど、問題はあたしにあった。

茅ヶ崎の川上家の庭の池付近。
貞奴、しゃがみ込んで鯉にエサをやっている。
音二郎と貞の会話。

貞奴「約束が違うじゃないですか」
――「何がだ」
貞奴「だいたいあたしは、あっちでも半分ダマされて女優になったようなものよ」
――「ダマされてとは何だッ」
貞奴「ダマされてでしょ。あなた、あたしに事前に何も言ってなかったじゃないですか。で、何も知らずに行ったら、あんな町中にポスターいっぱい貼られて。あんなことになってたら、やらないって言えないでしょう」
――「受けたからいいじゃないか」
貞奴「そりゃ向こうでは受けましたよ。あれよあれよという間に貞奴は人気者になりましたよ。けど、それは向こうの人があたしのことを遠い島国からやって来た異国の物珍しいお人形さんか何かと思ったからよ。こっちじゃあたしはただの素人です」
――「そんなことないッ」
貞奴「そんなことありますッ。あなたもよくご存知でしょう。あたしは元々日本橋葭町《よしちょう》の芸者。役者としての基礎がないんです」
――「基礎なんかなくても舞台には立てる！」
貞奴「そりゃあなたはそう言うでしょうけど、舞台に立つ方の身にもなってくださいッ」

羊や豚や犬が一斉に鳴く。

――「うるさいッ。大事な話をしてるんだッ。邪魔するなッ」

と石を動物にぶつける音二郎。

貞奴　「やめてッ。そんな石なんか投げて。動物に当たらないでくださいッ」

――　「……貞ァ」

貞奴　「そんな悲しそうな目しないでください。他ならぬあなたの頼みでも、これだけは――ご勘弁ください」

と頭を下げる貞奴。

貞奴　……やらなかったのかって？　いいえ、やることになったのよ。（と溜め息をつき）「一回だけ」という約束で。あの人お得意の翻案で、舞台は日本の植民地の台湾に、オセロは室鷲郎《むろわしろう》中将――あの人が演じる。デズデモーナは鞆音《ともね》――これがあたしにとっての日本での初舞台。そして、同時に日本で女優が生まれた記念すべき舞台よ。

貞奴、海に向かって発声練習をする。

貞奴　「アエイウエオアオ！　カケキクケコカコ！」

貞奴、位置を変えて身体訓練をする。

貞奴　初日に向けてあたしは精一杯努力した。自分のためじゃない。あたしがもしこれで失敗すれば、後に続く後輩の女優たちの道を閉ざすことになると思ったからよ。一九〇三年、二月十一日、川上が「正劇《せいげき》」――「正しい劇」ね（と空中に字を書く）そう名付けた『オセロ』は明治座で幕を開けたの。

チョンと柝《き》の音。

貞奴、扮装を変え、デズデモーナを演じる。

貞奴　「わたくしを殺すなら明日に。今夜はください――死ではなく、愛をッ。……ぐぐッ」

と架空のオセロに扼殺《やくさつ》される貞奴。

チョンチョンチョンチョン――と柝《き》が連打されて幕。

貞奴　結果は賛否両論。けれど「果敢に取り組んだ意欲作」という評価が概《おおむ》ねのところだったかしら。けれど、そんな評価よりも、日本の女が女優として舞台の上に立って、お芝居をしたことの方が意義深いことだったのかもしれない。そして、舞台で鞆音《ともね》を演じてみて、あたし自身のなかでもちょっと変化が起こっていた。……どんな変化かって？　反省点もたくさんあったけど、演じることの楽しさが少しだけわかってきたのよ。そして、あたしは嫌々ではなく、自分の意志で舞台に立つことを決めたの。

と鏡台の前で化粧をする貞奴。

貞奴　『ザ・マーチャント・オブ・ヴェニス』のポーシャ、続いて『サッフォ』のヒロインと、あたしは当初「一回だけ」のつもりの舞台に次々と立った。「乞食と役者は」の言葉通り、あたしはだんだん女優という仕事に生きがいを見出していった。舞台を見たお客さんからファンレターがたくさん届くようにもなった。調子は上向き。そんな時だった。あたしの母さんが亡くなったのは。

と化粧を止める貞奴。

貞奴　……そう、あたしを養女にして、芸者として一人前に育ててくれた浜田屋の可免《かめ》よ、まだ六十手前だったのに――。あたし、ショックでしばらくの間、何もやる気になれずお酒に溺れたわ。

母の位牌がある自宅の仏壇前。
蝉の鳴く声が聞こえる。
貞奴、手を合わせて祈る。
そこへ音二郎がやって来る。

――　「もうここはいいですから、稽古に行ってください。みんな待ってるでしょう」
貞奴　「ああ」
――　「あたしは大丈夫。心配しないで。もうお酒は飲みません」
貞奴　「……」

貞奴　「何よ、そんなところで突っ立って」
貞奴　「いや、ちょっとアイツらのことを思い出してな」
貞奴　「アイツら？」
貞奴　「アメリカで死んだ二人だよ」
貞奴　「二人？　ああ——丸山さんと三上さん」
貞奴　「うむ」
貞奴　「あの二人がどうかしたの？」
貞奴　「可免さん、向こうでアイツらと会えるかな」
貞奴　「そうね、きっと会えますよ。それで、日本に帰ったあたしたちが、今もこうして元気にやってることを二人に伝えてくれると思うわ」
貞奴　「そうだな」
貞奴　「……」
貞奴　「なあ、貞」
貞奴　「ハイ？」
貞奴　「人間はいつか必ず死ぬ——お前も、オレもだ」
貞奴　「そうですね」
貞奴　「後どのくらい生きられるのかなあ、オレは」
貞奴　「……」

音二郎はその場を去る。

貞奴　「後どのくらい生きられるのかなあ、オレは」——あの人はその時そう言った。まだお迎えが来るには早すぎる歳だったけど、朝から晩までせわしなく動いているあの人を見てると、そんな日がいつ来てもおかしくないように思えたわ。

貞奴、位置を変える。

貞奴　次の公演は『ハムレット』。ハムレットを「葉村年丸《はむらとしまる》」って名前の大学生にした翻案劇。あたしはその恋人のオフィーリアならぬ「おりえ」を演じたの。年丸を演じたのは、外国でもいっしょだった川上の盟友、「ふじさわっち」こと藤沢浅二郎《ふじさわあさじろう》。あたしは、劇の中で歌を歌った。

貞奴、歌う。

貞奴　お墓の上に雨が降る　雨じゃないぞえ血の涙
愛し男の血の涙　愛し男の涙雨
駒鳥さん　駒鳥さん
可愛いお前が鳴く時は　可愛いお前が鳴く時は

犬、ワンワンと鳴く。

貞奴　何？　……拍手のつもり？　ありがとう。また、「お伽芝居《とぎ》」を始めたのも、画期的と言っていいんじゃないかな。……どんな芝居かって？「お伽芝居」って言うのは、子どもたちのための児童劇。最初にやった演目は「狐の裁判」ってヤツ。あたしはフレッドって名前の少年を演じるんで半ズボンで舞台に出たんだけど、これが世間の物議《ぶつぎ》を醸《かも》したの。何がって？　あたしの膝小僧がよ。ワンちゃんにはちょっとだけ特別に見せてあげるね。……何をって、物議の膝小僧をよ。

貞奴、犬に自分の膝小僧をチラリと見せる。

貞奴　ハハハハ。何かちょっとエロかったかしら？　コーフンさせちゃったなら謝るわ。……続き？　えーと、そうそう。その頃よ、日本が戦争を始めたのは。

大砲の砲撃音など。

貞奴　そう、日本は今度はロシアと戦争をすることになったのよ。一九〇四年二月。前の中国との戦争の時もそうだったけど、こういう時にオタオタしないのが――何て言うのかな、あの人の豪胆なところよ。すぐさま『戦況報告演劇』なる題名の芝居を上演。その名の通り、ロシアでいったい何が起こっているのかを芝居仕立てで上演したの。これは大いに受けたわ。その後、演劇研修のために再びパリへ。

とパリへ行く体で移動する貞奴。

貞奴　ここでもいろいろあったけど、そこは省略して帰国。

　と元の位置に戻る貞奴。

貞奴　日本での公演活動も波に乗ってきたそんな頃、あの人はまたしても途方もない夢を謳《うた》って走り出す。一つは大阪に新劇場を建設すること。新劇場の名前は「帝国座」。もう一つは女優のための俳優養成所を作ること。応募者百人のなかから、あたしは女優の志願者十五人を選んだ。けれど、新聞をはじめ世間様の女優養成所への風当たりは強かった。曰く「芸者の置家のようなもの」――曰く「年若い女を堕落させる元凶」――曰く「あばずれ養成所」――。なまじ西洋の俳優養成学校を知ってるあたしには、馬鹿げた偏見と中傷のオンパレードに思えたわ。でも、いつかきっとそんな偏見もなくなって、日本の女たちが女優として舞台で輝く日がきっと来る――あたしは今でもそう信じてる。

　貞奴、位置を変える。

貞奴　そうこうしているうちに、大阪に建設中の「帝国座」は落成にこぎ着けた。今から二年前――一九一〇年の二月のことよ。収容人数千二百人。和洋折衷の立派な劇場よ。最大の後援者は、あたしの芸者時代の旦那様、伊藤博文。

　とある料亭。
　貞奴と伊藤博文が対面している。

貞奴　「伊藤の旦那様、なんとお礼を言っていいのやら」
　　　「堅苦しい挨拶は抜きだ。さ、お前も一献」

と徳利を傾ける伊藤。
と酒を受ける貞奴。

貞奴　「お元気そうで何よりでございます」
　　　「ハハハハ」
貞奴　「何かおかしいことでも？」
　　　「いやな、お前がこんなに立派になってしまうとはなあ」
貞奴　「滅相もございません。旦那様などと比べたらあたしなどまだまだヒヨコ同然」
　　　「お前をわたしが水揚げしたのは、確か――」
貞奴　「十七の時でございます」
　　　「今はいくつになった？」
貞奴　「ふふふふ。女に歳を聞くのは野暮でございますよ」
　　　「しかし、相変わらずいい女だな、お前は」
貞奴　「お褒めいただいてありがとうございます」
　　　「具合がよくないようだが」
貞奴　「誰がですか？」
　　　「お前の亭主だ、川上音二郎」

貞奴　「はあ。あっちで盲腸を患って以来、胃腸の調子がどうもよくない様子で」
――　「医者には見せたのか」
貞奴　「それが本人が忙しい忙しいの一点張りで、なかなか」
――　「もうそんなに若くないいんだ。無理をさせるとよくないぞ」
貞奴　「ご心配いただき痛み入ります。ささ、ご一献」

と伊藤に酌をする貞奴。

貞奴　「旦那様はお元気そうで何よりです」
――　「元気だな、確かに」
貞奴　「顔色もいいですし、とてもお若く見えます」
――　「試してみるか」
貞奴　「何をですか」
――　「だから、わたしが昔と同じように――ナニできるかどうか」
貞奴　「ナニできるかどうか？」
――　「いかにも」
貞奴　「ホホホホ。そんなご冗談を」
――　「わたしは本気だッ」

と貞奴を押し倒す伊藤。

貞奴　「おやめくださいッ、旦那様ッ」

―　「よいではないかッよいではないかッ」

貞奴　「おやめくださいッ、旦那様ッ」

―　「よいではないかッよいではないかッ」

貞奴　「うおりゃあ！」

と伊藤を柔道の技で投げ飛ばす貞奴。
襖が壊れて倒れる音。

貞奴　「あーッ。もももも申し訳ございませんッ」

―　「いてててッ」

貞奴　「本当になんてことをッ。お怪我は、お怪我はございませんか？」

―　「ハハハハ」

と笑い出す伊藤。

貞奴　「何ですか」

―　「すっかり忘れとったよ」

貞奴　「何をですか」

―　「お前の昔の渾名《あだな》を」

貞奴　「あたしの渾名？……女西郷？」

貞奴　「その通りだ。ハハハハ」

――「ハハハハ。もうヤだッ。旦那様ったら！」（と叩く）

貞奴　「痛あッ」

――「あ、ごめんなさいッ」

貞奴は衣類の乱れなどを直す。

貞奴　帝国座の柿落とし公演はジュール・ヴェルヌの『八十日間世界一周』を元にした『世界一周』という演目。満員の客席には、政界、経済界、演劇界から招かれた大物たち、各地からやって来た艶やかな衣裳の芸者たち。あの人は明るい照明で照らし出された舞台の一角に登壇した。

貞奴、マイクを持ってくる。

そして、音二郎として人々に挨拶する。

貞奴　「（口髭を触って）帝国座へようこそいらっしゃいました。川上音二郎でございますッ」

「よッ川上」「日本一！」などと掛け声がかかる。

貞奴　「思えば、長い道のりではございました。わたくしの生まれは九州の博多。若くして都へ上り、さまざまなことに意欲的に挑戦して今日に至ります。そんなわたくしの人生の軌跡を、今ここでご披露することは控えますが、まあ――とにかくいろんなことがありました。こう言うと傲慢に聞こえるかもしれませんが、本来、強欲なわたしは、ここにいる皆様より、より濃密な時間を生きてきたと言えるかもしれません。しかしながら、濃密であるとはいいことだけではありません。より明るい場所の隣にはより深い闇が、より楽しいことの傍らにはより絶望的な苦しみがあるのです。まこと神様は、人間の人生をうまくこしらえられたものであると感じざるをえません。

とにもかくにも、本日、この大阪の地に、世界に誇れる新しい時代の日本の演劇を創出すべく、このような壮麗な劇場が完成し、皆様とともに同じ夢を見ることができる幸福を、わたくしは深く深ーくかみ締めております。当劇場が、明日の日本の演劇の礎《いしずえ》となり、広く大きく世界に羽ばたく本拠地になることを心から願う次第でございます。何卒、当劇場の発展のためにも、皆様の大きな応援とむやみやたらのご贔屓を賜りますことを切に願っておりますッ」

大きな拍手の音。

貞奴

帝国劇場を埋め尽くした人たちの大きな拍手を受けたあの人は、さぞや嬉しかったろう……。けれど、あの人がその挨拶でしゃべったことは、あの人の運命をよく語ってもいた――。その年の夏、一座は例年通り全国巡業をした。巡業が終わって、あたしはあの人と神戸の温泉地に保養に行った。あの人は次回作をイプセンの『民衆の敵』と決め、久し振りに自らが主演する計画を練っていた。そして、その芝居を準備している最中にあの人は倒れた。

拍手の音がピタリとやむ。

貞奴　お医者さんが言うには、腹膜炎。あの人のお腹はどんどん膨れて――こんな。（とゼスチャア）手術してお腹に溜まった水を抜いたけど、病状は悪化の一途を辿った。それでも、「この芝居だけはオレが出ないと成り立たんのだッ」と言い張って、お医者さんやあたしたちをハラハラさせた。

大阪の音二郎の自宅。
布団に横たわる音二郎の横に貞奴がいる。
木々が風にざわめく音。
その音に耳をすます貞奴。

貞奴　「あら、起きてらしたの？」
――　「劇団のみんなは？」
貞奴　「稽古してるみたい、昼からずっと。あなた抜きで」
――　「……そうか。貞」
貞奴　「何ですか」
――　「一つ頼みがある」
貞奴　「飲み物ですか。お水？　それともお茶がいい？」
――　「そうじゃない」

貞　「え？」
奴　「オレの遺志を継いでほしい──もしも、オレが死ぬようなことになったら」
貞　「……死ぬだなんて、やめてよ」
奴　「もしもの話だ」
貞　「ハイハイ、わかりました。あなたの遺志はあたしがちゃんと」
奴　「ありがとう」
貞　「ハハハハ。何よ、そんなお礼なんか言って。あなたらしくもない。そんな弱気はあなたに似合いませんよッ」
奴　「自分のからだのことは自分が一番よくわかる」
貞　「……」
奴　「……いろいろすまなかったな」
貞　「ほんとよ。これ（金）とこれ（女）でずっとあなたには泣かされっぱなし。ふふふふ」
奴　「……」
貞　「けど、これだけは本当よ」
奴　「うん？」
貞　「あなた、嘘はつかなかった」
奴　「……」
貞　「『オレは誰もやったことがないことをやってみたい、お前と二人で』」
奴　「……」
貞　「あなたはやりましたよ、本当に。一人じゃなくて、あたしといっしょに」
奴　「……」

貞奴　「あなたはあたしを連れてってくれたのよ」
——　「……？」
貞奴　「この広い世界中のどんな夫婦も行ったことがない場所に」
——　「……」
貞奴　「ありがとうね、あなた——本当に」

と音二郎の手を握る貞奴。

——　「……」
貞奴　「さあ、元気出してッ。あたしたちの冒険はまだまだこれからでしょッ」
——　「そうだな」
貞奴　「よしッ。じゃあ、お粥作るからちょっと待ってて」

とその場を離れる貞奴。
そして、ふと立ち止まり、眠る音二郎を振り返る。

貞奴　いよいよという時、一座のみんなに手伝ってもらって、あの人を帝国座の舞台の上に運んでもらった。あの人の最期に相応しいのは、そこ以外ないような気がしたから……。

音二郎が寝ていた場所の明かりが消える。
それをじっと見ている貞奴。

貞奴　一九一一年、十一月十一日——あの人は逝った。四十七歳の人生だった。こうしてあたしとあの人の旅は終わったの。

犬のところへ行く貞奴。
そして、犬を抱き上げる。

貞奴　その後、お葬式——たくさんの人があの人の死を悲しんでくれた。あの人の亡骸は故郷の博多に弔われた。けれど、いつまでも悲しんばかりもいられない。座員たちは再び帝国座の舞台に立ち、あたしはあたしで追善公演の準備と慌ただしく働いた。そんな時、今年の初めに明治天皇がお亡くなりになり、元号が明治から大正に変わった。この前、あの人の一回忌も終わって……けれどホッとする間もなく、あたしは、貞奴一座の座長として、こうして朝鮮での公演をやり遂げるめに大きな大きな海の上にいる——。そして、またあなたに出会ったというわけ。

と汽笛が鳴る。

貞奴　以上、川上貞の語る「音二郎の死まで」でございました。

と犬に頭を下げる貞奴。
犬がワンワンと吠える。

貞奴　ありがとう。楽しんでくれたってことよね。……大丈夫よ。あたしは元気だから。

と汽笛。

貞奴　……さ、そろそろ夕食の時間ね。あたし、用意があるから。ワンちゃんも元気でね。何年か経って、あたしが外国に行くことがあったら、また船の上で会いましょう。ふふふふ。船長によろしくね。

と行こうとする貞奴。
犬がワンワンと鳴く。

貞奴　何？　まだ何か聞きたいことでも？

と犬のところへ行ってしゃがみこむ貞奴。

貞奴　……後悔してるか？　前にもそんなこと聞かれたような気がするな。あたし、何て答えた？「後悔してたらここにはいないわ」――へえ、あたしらしい。ふふふふ。……今は違うかって？　そうね。ハッキリ言うと後悔だらけね。

と海を見つめる貞奴。

貞奴　けれど、あたしの後悔は「何もしなかったこと」への後悔じゃない。その逆よ。だから、後悔するかもしれないけど、あたしはあの人のやれなかったことをやってやろうと思ってる。

犬がワンワンと鳴く。

貞奴　……「頑張れ？」……ありがとう。またどこかで会いましょう、きっとよ。

汽笛と波音――。

バタバタと吊ってある衣類が風に揺れる。

音楽。

舞台に吊られていた衣類がなくなり、その向こうに一面の大海原が見える。貞は振り返ってその光景を犬とともに見つめる。

貞奴、その場で扇子を使って踊り出す。

美しく踊る貞奴。

貞奴、踊り終えて、舞台正面の海を見つめる。

海の地平線に朝日が輝いている。

〔参考文献〕

『女優貞奴』山口玲子著（朝日文庫）
『マダム貞奴〜世界に舞った芸者』レズリー・ダウナー著（集英社）

あとがき

収録した四本の戯曲は二つの座組のために書かれたものである。

『父さんの映画』は、女性だけの朗読集団「ぶれさんぽうず」の公演のために書いたもの。朗読劇は初心者で、オリジナルの作品を書くのは初めての経験だったが、わたしの得意分野である外国の映画を題材にこういうものができた。言ってみれば『あなたと見た映画の夜』(『真夜中のファイル』所収)に続く映画シリーズの第二弾である。観客の視覚に訴えかける映像が大きな魅力である劇映画を言葉だけで語るとどういうことになるのかに興味があった。選択する映画をどうするかは悩んだが、わたしがもしも見逃していたら凄く後悔する映画を選んだ。きっかけは知り合いの女優さんのお母さんが目が不自由で、彼女からお母さんに映画の内容を言葉で教えることがあるという話を聞いたことだった。

『和紙の家』は、同じく「ぶれさんぽうず」の公演のために書いたもの。原案は村松みさきさん。彼女の書いた第一稿をわたしが改訂してこのようなものになった。本作はわたしの作品というより、村松さんの作品と言った方がいいのだが、村松さんの了解を得て、共作という形でこのような形で収録することにした。この戯曲は、本来は四人の女たちによる会話劇であったが、それを朗読劇として書き直してもらったものが第一稿である。因みに村松みさきさんは弱冠二十八歳。日本大学芸術学部演劇学科の劇作コース出身で、わたしの教え子である。

『母の法廷』は、同じく「ぶれさんぽうず」の公演のために書いたもの。裁判傍聴が趣味になってからずいぶん経つ。「こんなに面白いものはない!」というのがわたしの裁判傍聴の感想だが、それが高じてこういうものができた。わたしはすでに『正太くんの青空』というタイトルの学校の会議室を舞台にした裁判もどきの芝居を書いているが、本格的な裁判劇というのはこれが初めてである。友人である弁護士の平岩利文さんに専門的なアドバイスを多くいただいて書き上げた。

『海を渡って〜女優・貞奴』は、女優の品川恵子さんの一人芝居のために書いたもの。題材を与えてくれたのは品川さんだが、わたしはもともと川上音二郎を主人公にした芝居を書いてみたいと思っていたので、興味の範囲のなかにある要望だった。過去に実在した人物を主人公にするのはわたしは初めての経験で、資料を調べるのに時間はかかったものの、史実とフィクションをどのように混ぜ合わせると面白いのかをこういう作業を通して学べたような気がする。わたしが川上音二郎のことを知ったのは大学時代。その頃から音二郎と貞奴の物語は「二人がアメリカへ向かう船の上で」と決めていた。こういうと傲慢かもしれないが、音二郎の心のなかをわたしは誰よりも理解できる人間だと思っている。

この戯曲集は最近のわたしの作品を集めたものであるが、毛色がみな違う。これは現在、わたしが劇団という組織を通して芝居を作っていないせいだが、劇団では作れないものであるという意味では、わたしに声をかけてくださり、こういう作品を作り出すきっかけを作ってくれたそれぞれの座組のプロデューサーに感謝せずにはいられない。そして、わたしの作品をこうして出版し続けてくれる論創社の森下社長と毎回素敵な装丁をしてくれる栗原裕孝さんにも。

高橋いさを

二〇一五年四月

上演記録

『父さんの映画』

■日時／二〇一二年十一月二十一日〜二十二日
■場所／内幸町ホール（全二ステージ）
［スタッフ］
○作・演出／高橋いさを（劇団ショーマ）
○美術／多賀谷忠生
○音響／宮崎裕之（ｐｒｅｄａｗｎ）
○照明／大塚直美
○舞台監督／高田潔
［出演］
○かずみ／内藤和美
○ゆおり／斉藤由織
○いくこ／池田郁子
○さとこ／近藤サト

『和紙の家』

■日時／二〇一三年十一月十九日〜二十日
■場所／内幸町ホール（全二ステージ）
［スタッフ］

○作・演出／高橋いさを（劇団ショーマ）
○美術／多賀谷忠生
○音響／宮崎裕之（ｐｒｅｄａｗｎ）
○照明／阿部将之
○舞台監督／高田潔
［出演］
○誠子／池田郁子
○優子／斉藤由織
○千代／近藤サト
○とき／内藤和美

『母の法廷』
■日時／二〇一四年十一月二十一日〜二十二日
■場所／内幸町ホール（全二ステージ）
［スタッフ］
○作・演出／高橋いさを（劇団ショーマ）
○美術／多賀谷忠生
○音響／宮崎裕之（ｐｒｅｄａｗｎ）
○照明／阿部将之
○舞台監督／高田潔
［出演］

○女1／内藤和美
○女2／近藤サト
○女3／斉藤由織
○女4／池田郁子
○判事（声）高橋いさを

『海を渡って〜女優・貞奴』

■日時／二〇一三年九月十八日
■場所／三越劇場（全二ステージ）

［スタッフ］
○作・演出／高橋いさを（劇団ショーマ）
○音楽／上田亨
○振付／花柳奈千穂
○美術／宇佐美貴・志田原貴子
○照明／矢口雅敏
○音響／富田健治
○題字／古畑博之
○床山／太陽かつら店
○衣裳／松竹衣裳
○着付け／赤井英子
○メイク／Ｋｉｍｉｅ（ＭＡＨＡＬＯ）

○宣伝美術／おざわりつこ
○宣伝写真／須田壱（Ｓｕｔｕｄｉｏ　Ｚ）
○大道具／ヒーラ・シング
○舞台監督助手／池亀和枝
○舞台監督／小嶋次郎
○協力／名塚新一郎（エ・ネスト）
　野田晴美・梨木ナオミ（ＢＥ　ＧＬＡＤ　ＰＲＯＤＵＣＥ）
○制作／高澤福子

［出演］
○川上貞奴／品川恵子
○船員／春見しんや

高橋いさを（たかはし・いさを）
1961年、東京生まれ。劇作・演出家。
日本大学芸術学部演劇学科在学中に「劇団ショーマ」を結成。著書に「ある日、ぼくらは夢の中で出会う」「バンク・バン・レッスン」「八月のシャハラザード」「父との夏」「モナリザの左目」「I－note ～演技と劇作の実践ノート」（全て論創社）など。

海を渡って～女優・貞奴

2015年5月10日　初版第1刷印刷
2015年5月20日　初版第1刷発行

著　者　高橋いさを
発行者　森下紀夫
発行所　論 創 社
東京都千代田区神田神保町 2-23　北井ビル
tel. 03（3264）5254　fax. 03（3264）5232　web. http://www.ronso.co.jp/
振替口座　00160-1-155266
装幀／栗原裕孝
印刷・製本／中央精版印刷　組版／フレックスアート
ISBN978-4-8460-1440-7　

高橋いさをの本

◉ *theater book*

008——VERSUS 死闘編〜最後の銃弾

カジノの売上金をめぐって対立する悪党たちが血みどろの闘争を繰り広げる表題作と暗殺に失敗した殺し屋が悪夢の一日を回想する「逃亡者たちの家」を収録する。 **本体 1800 円**

009——へなちょこヴィーナス／レディ・ゴー！

即席のチアリーディング部の奮闘を描く「へなちょこヴィーナス」とボクシングの試合に出ることになった女暴走族の活躍を描く「レディ・ゴー！」を収録する。 **本体 2000 円**

010——アロハ色のヒーロー／プール・サイド・ストーリー

海の上のヒーロー・ショー一座を描く「アロハ色のヒーロー」と高校の水泳部を舞台に「ロミオとジュリエット」を翻案した「プール・サイド・ストーリー」を収録する。 **本体 2000 円**

011——淑女《レディ》のお作法

不良の女子高生を主人公にバーナード・ショーの「ピグマリオン」を翻案した表題作と張り込み刑事たちのおかしな奮闘記「Masquerade 〜マスカレード」を収録する。 **本体 2000 円**

012——真夜中のファイル

殺人を犯した罪人が回想する六つの殺人物語を描く表題作。バーを舞台にした男女の会話劇「愛を探して」、「あなたと見た映画の夜」を収録する。 **本体 2000 円**

013——父との夏

父親の語る戦争時代の思い出話を通して家族の再生を描く表題作。いじめをめぐって対立する教師たちと両親たちの紛争を描く「正太くんの青空」を収録する。 **本体 2000 円**

014——モナリザの左目

とある殺人事件の真相を弁護士たちが解き明かしていく表題作と、とある男の性の遍歴を彼自身の"男性器"との会話を通して描く「わたしとアイツの奇妙な旅」を収録する。 **本体 2000 円**

好評発売中